U0689225

季节四部曲

[英]
阿莉·史密斯

著

王晓英

译

AUTUMN

by
Ali Smith

浙江文艺出版社
Zhejiang Literature & Art Publishing House

AUTUMN

Copyright 2016, Ali Smith

All rights reserved

本书中文简体字版版权,浙江文艺出版社独家所有

版权合同登记号:图字:11-2018-139号

图书在版编目(CIP)数据

秋 / (英)阿莉·史密斯著;王晓英译. —杭州:浙江文艺
出版社,2023.1

ISBN 978-7-5339-7001-7

Ⅰ.①秋… Ⅱ.①阿… ②王… Ⅲ.①长篇小说–英
国–现代 Ⅳ.①I561.45

中国版本图书馆CIP数据核字(2022)第198327号

责任编辑	诸婧琦 王莎惠 周易	**装帧设计**	董茹嘉	
责任印制	吴春娟	**营销编辑**	宋佳音	
封面插画	三文seven	**数字编辑**	姜梦冉 诸婧琦	

秋

[英]阿莉·史密斯 著   王晓英 译

出版发行		*浙江文艺出版社*
地　　址		杭州市体育场路347号
邮　　编		310006
电　　话		0571-85176953(总编办)
		0571-85152727(市场部)
制　　版		浙江新华图文制作有限公司
印　　刷		杭州富春印务有限公司
开　　本		880毫米×1230毫米 1/32
字　　数		138千字
印　　张		6.375
插　　页		5
版　　次		2023年1月第1版
印　　次		2023年1月第1次印刷
书　　号		ISBN 978-7-5339-7001-7
定　　价		65.00元

I

这是最糟糕的时代，这是最糟糕的时代。又在重演。世间种种正在土崩瓦解，过去是这样，将来也是这样，本质使然。说到这儿，就有一个很老很老的老头被海水冲到了岸上。他看上去就像个被扎破的足球，缝合处也裂了，这是个一百年前人们踢的那种皮质的球。浪太大，把他剥了个精光。他动了动脖子上的脑袋，想到的是赤条条的，就跟我出生时一样，但脑袋动起来很疼，所以还是尽量不要动。嘴里是什么？沙砾？是沙子，就在舌头下，他能感觉到。牙齿摩擦的时候，他能听到它们在嘎吱嘎吱地响，唱着沙子之歌：别看我被磨得这么小，到最后，我就是一切，你倒下来，我便在你身下变得松软，阳光里我闪耀，风将我扬起，盖住龌龊，把便条塞进瓶子，把瓶子丢进大海，瓶子里都是我，我是最硬的谷物供你收割

收割

歌词化作一股细流流走了。他很累。嘴里和眼里的沙子是沙漏瓶颈里就快漏完的最后那些颗粒。

丹尼尔·格卢克，你的好运到头了。

他硬生生地睁开一只眼，但是——

丹尼尔坐起来，坐在沙石地上

——就是这样吗？真的吗？这样？就是死了吗？

他手搭凉棚挡住阳光。很刺眼啊。

太阳照着，但却冷得要命。

这是一片沙石海滩，寒风凌厉，太阳挂在天上，是的，没错，但却丝毫感觉不到一丝暖意。还光着呢，也是，难怪会冷。他低头看了看，依旧是那副老化的躯体，依旧是那不中用的膝盖。

他曾经想象过，死亡会对人进行提炼，分离掉腐烂的部分，最终身体各处轻盈得像朵云。

但现在看起来，这岸上留下来的躯体才是你最终离开时的样子。

丹尼尔想，早知道是这样，我一定会让自己早点走，二十岁，二十五岁吧。

只带走好的。

（他用一只手遮着脸，这样即便有人能看到他，也不会因为他抠鼻子，还要看一看抠出来的是什么而受到冒犯。抠出来的是什么？是沙子。美丽的细节，即使在碾得粉碎的世界里，也排列着缤纷的色彩。然后，他指尖一搓，就把它捻掉了。）又或许，这就是提炼出来的我本人吧；如果是这样的话，那死亡真是太令人失望了。

谢谢你接纳我，死神，但很抱歉，我得回去了，回到阳间。

他站起身来，这样站起来不疼，不怎么疼。

然后，

回家。往哪里走？

他环顾半圈。大海、海岸线、沙子、石头；长草、沙丘；沙丘背后的平地；平地外的树，林子，再看下去，目光又回到大海。

大海诡异而平静。

然后，他突然意识到今天的视力真是好得出奇。

我的意思是，我不仅能看到那些树、那棵树、树上的那片叶子，我还能看到连着那片叶子和那棵树的茎。

他的目光能聚焦到那边沙丘上每株草那鼓鼓囊囊的穗头，就像用了相机的变焦镜头。他低头看自己的手。不仅能清晰地看到手和手上沾的一抹沙子，而且还有几粒散沙，细节都呈现得清清楚楚，他甚至还能看到棱角，而且（他摸了摸前额），还没戴眼镜，是吗？

哇。

他拂去腿上、手臂上和胸口的沙子，然后再拂去手上的沙子。他看着沙子从身上扬起。他躬下身，抓起一把沙子。看看，这么多。

副歌：

多少个世界在你掌中，

在一把沙子里。

（重复）

他张开手指，沙子漏了下去。

他站着就感觉到饿了。死了还会饿？当然会。不是有那些吃人心和魂魄的饿鬼吗？他环顾一圈，目光又落到海上。

6

他有五十多年没有上过船了，那次上的其实也不是真的船，是一家蹩脚的新潮酒吧，在河上搞派对的据点。他又在沙石地上坐下来，但这样坐着，硌得他好疼，就……那个地方的骨头，他不想说粗话，那边岸上有个女孩，真他……痛啊，他不想说粗——

一个女孩？

是的，几个女孩围着她，跳着一种古老的希腊风的波浪舞。女孩们离他很近，越来越近。

这可不行，还光着身子。

他又低头用新眼睛打量刚刚看到的自己那副老化的躯体，他知道自己已经死了，一定是死了，肯定的，因为他的身体已经不是之前看到的那样，现在看上去像样多了，算得上是一副相当好的肉体，很眼熟，很像他自己的身体，年轻时候的身体。

一个女孩就在旁边，女孩们。一阵甜蜜的惊慌和羞臊感袭来。

他冲向长着长草的沙丘（他能跑起来，真的跑起来！），他从草丛后面探出脑袋，看看是不是没人能看见他，是不是没人过来，然后，他站起来撒腿就跑（又跑了！甚至都不带喘的），他穿过平地，奔向树林。

树林里会有藏身的地方。

树林里也许还会有什么东西能让他把身体遮盖起来。但还真是有趣！他已经忘了感觉是一种什么感觉，甚至只是感觉这样的想法——自己赤身裸体，面对近在咫尺的美人。

那里有一片小树林，他溜了进去。太妙了！树荫下的地面铺满了树叶，落叶在他（年轻健美的）脚下感觉又干又结实，低处的树枝上也缀满了叶子，绿油油的。看，他身上的毛发又变得乌黑，向上延至双臂，又从胸口向下延至腹股沟，那里的毛发很厚，哈，不仅是毛发，什么都在变厚实，变粗，看。

这可真是天堂。

但首先，他不想冒犯他人。

他可以在这里做一张床，他现在晕头转向，可以在这里歇歇脚，定定神。定，腚，露着光腚。（双关语啊，是穷人的最爱；那个又穷又老的约翰·济慈，嗯，说穷没问题，但还真的不能说他老。秋日的诗人，冬日的意大利，生命的尽头，来日无多，他深陷于这种文字游戏，就像没有来日。可怜的家伙，果真不再有来日。）如果死后的世界还有夜，那他可以把这些叶子堆到身上，在夜间抵御寒冷。如果那个女孩、那些女孩过来，他会堆起厚厚一尺，把全身都埋起来，免得羞辱了人家。

得体。

不想冒犯他人，这种心态是尘世间才有的，他居然忘了。此刻，一阵得体感带着丝丝甜意涌上心头，竟然像你想象自己喝到花蜜的那种感觉，蜂鸟的喙探入花冠，那样的醇厚，那样的香甜。哪个词和花蜜押韵？他要用树叶给自己做一身绿色的衣裳，刚想到这，手中就出现了一枚针和一个金色的小线团，看。他的确是死了，肯定是死了。死了毕竟也挺好的，死亡的意义在现代西方社会被大大低估，得告诉他们，得让他们知道，得派一个人去，赶紧回去，不论何地。

回忆起她，影响她，无视她，测谎仪，投影仪，指挥者，收藏者，反对者。

他从头边的树枝上摘下一片绿叶，然后又摘下一片，他把它们的边拼起来，整齐地缝合在一起。这叫什么？平针缝法？锁边针法？看看，他会做针线活，这是他活着时干不了的事。死亡，真是惊喜不断啊！他拾起一层叶子，坐下来，两边对上，开始缝。还记得那张明信片吗？二十世纪八十年代，他从巴黎市中心买的那张，一个小女孩在公园里的照片。她看起来好像穿着一身枯死的树叶，黑白照片，战争结束不久后拍的。这个孩子背对着镜头，披挂着树叶，站在公园里，看着面前的落叶和树。但这是一个悲惨而吸引人的画面，孩子加上枯叶，透着一种诡异的感觉，有点像披着一身破布，然后，破布也不是破布，而是树叶，所以这又是一个关于魔术幻化的画面，再然后，这是张战后不久拍的照片，在那个时期，一个在叶子堆里玩耍的孩子破天荒地会被人在不经意间看成像是遭遇了围歼（这样想，很心痛），又或者是受过原子弹的洗礼，挂在她身上的树叶看起来像剥落的皮肤，荡在那里，似乎皮肤就只是树叶而已。

但这个画面吸引人，还包含着另一个意思，勾魂摄魄，它是来勾你的魂的，它要掳你去阴间。相机眼睛一眨（他想不起摄影师的名字来），披着树叶的孩子成了以下这些：悲伤、糟糕、美丽、有趣、恐怖、黑暗、光明、迷人、童话、民间故事、真相。然而真相乏味多了——这张明信片，是他和某个女人造访这个爱之都的时候买的（是布巴！他拍的）。又一个这样的女人，他希望她爱他，而她并不爱他。

她当然不爱他，一个四十几岁的女人和一个六十好几的男人，好吧，说实话，快七十了；但反正他也不爱她，不是真的爱她。两人实在不般配，倒是和年龄无关，因为在蓬皮杜中心，他被杜布菲的一幅作品所表现的狂野意境深深打动，于是脱了鞋子跪下来，想以此来表达自己的敬意，那个叫索菲亚什么的女人觉得很丢脸，在去机场的出租车上对他说，这么大年纪是不应该在画廊里脱鞋的，即使是现代画廊也不行。

事实上，关于这个女人，他只记得自己曾寄过一张明信片给她，事后他就后悔了，那张明信片应该自己留着的。

他在明信片背面写着：*来自一个老男孩的爱。*

他总是在找那张照片。

他再也没有找到。

他总是在后悔没有留下它。

死了还在后悔？后悔生前的过往？难道就摆脱不了自己这些陈谷子烂芝麻往事的纠缠吗？

他从小树林往外张望，望着陆地的边缘，那边的海。

好吧，不管我最终来到的是个什么地方，它赐了我这件时髦的绿色外套。

他把它往身上一裹，很合身啊，还散发着树叶的清香。他会是一个好裁缝，他已经做出了点东西，有了成就，终于可以让妈妈满意了。

哦，上帝啊，人死后还有妈妈吗？

他是个孩子，在树下捡地上的栗子，他剥开鲜绿多刺的胎衣，把它们解放出来，棕黄的果实，泛着油亮的蜡质树脂。他装了一帽子带去给妈妈。她在那边,和刚出生的宝宝在一起。

别傻了,丹尼尔,她吃不了这个。谁都不会去吃这个,连马都不吃,太苦了。

七岁的丹尼尔·格卢克穿着一身好衣裳,他不断地被人提醒着——在这个世界上,那么多人缺衣少穿,他穿得这么好是很幸运的。真不该把这么好的帽子弄脏。他低头看着这些弄脏了帽子的七叶树果,那层油亮的棕色失去了光泽。

苦涩的回忆,即使死了之后,回忆还是那么苦涩。

真是令人沮丧。

没关系,振作起来。

他站起来,又是那个德高望重的他。他四处搜寻了一番,找到几块大石头和一些粗木棍,用这些东西给他的这片林子做了一道门,这样他回头就不会找不到了。

他穿着鲜亮的绿色外套走出了树林,他穿过平地,又向岸边走去。

但是大海?安安静静,就像梦境里的海。

那个女孩?不见了。围着她跳舞的那圈人?也不见了。不过岸边躺着一具被海水冲上来的躯体。他走过去想瞧个究竟。是他自己的身体吗?

不是,这是个死人。

过去些,还有一个死人,再过去,又有一个,一个接一个。

他循着海岸看过去,海浪抛上来的尸体连成了一道黑线。

有些还是幼童，他在一具男人肿胀的尸体边蹲下来。他有个孩子，还是个婴儿，还兜在他的上衣里，嘴张着，滴着海水，脑袋靠在肿胀的男人的胸口。

再上去一点，那边的海滩上还有些人，那些人和岸边的人一样，都是人，只不过是活的，他们躲在太阳伞下，正在离死人不远处的岸上度假。

音乐从一个显示屏里传出来，有人在操作电脑，有人坐在伞下捧着一个小屏幕在阅读，有人在同一把伞下打瞌睡，还有人往肩膀和手臂上抹着防晒霜。

一个小孩兴奋地尖叫着，一会儿冲进水里，一会儿又跑出来，躲避着大浪的追逐。

丹尼尔·格卢克把目光从死移向生，然后又回到死。

这个世界的悲哀。

一定还在这世上。

他低头看看自己的树叶外套，依然是绿的。

他伸出前臂，依然那么不可思议，那么年轻。

不会持续下去的，这是梦。

他拽住衣角的一片叶子，拽得紧紧的，如果可以，他想带回去，这是证据，证明他来过这里。

他还能带回去什么？

那段副歌怎么唱来着？

多少个世界

一把沙子

这是个星期三，夏季刚过半。伊丽莎白·迪芒，三十二岁，伦敦一所大学的临时初级讲师。她妈妈说她梦想成真了，如果说梦想意味着你没有固定的工作，什么都贵得你不敢去做，而且还窝在十多年前学生时代租的那间公寓里，那她妈妈说得没错。这天，她去镇上的邮政总局办理护照申请表的预审手续，这是离她妈妈现在住的村子最近的小镇。

据说这项服务能让程序走得快些，从申请到领到新护照，可以让你节省一半的时间，只要你带上填好的表格、旧护照和新照片，在邮局经由专人审核后，再提交到护照办。

邮局的取号机吐了一张 233 号的票给她。人不多，除了那些要使用自助秤的人，队伍长得一直排到门外，每个人都怒气冲冲的。这个不实行取号制度。人是不多，但她拿到的号子离头顶的那块屏幕上显示的那几个亮晃晃的*请准备的*号码（156、157、158）还差得远，十二个柜台后面只有两个人在接待顾客，此刻被接待的想来应该是 154 和 155 号（她已经来了二十分钟，一直是这两位），有得等了，于是她索性出了邮局，穿过绿地，向伯纳德街上的二手书店走去。

等她十分钟后回到邮局，柜台后面提供服务的还是只有那两个人，但屏幕上显示的*请准备*的是284、285和286。

伊丽莎白按下机器上的按钮，又取了个号（365）。她在大厅中央的一体化环形公共座椅上坐下来，座椅里面有东西断了，她坐下去的时候，里面咣当一声，坐在她边上的那个人被腾空颠起一英寸，那人调整了一下姿势，座椅又咣当一声，伊丽莎白陷下去一英寸左右。

透过窗户，她看得到街对面那幢宏伟的市政大楼，那里曾经是镇邮局，现在是一排时尚品牌连锁店，香水、服装、化妆品。她又环顾了一下邮局大厅，坐在公共座椅上的人差不多就是她刚进门时坐在这里的那几个。她翻开手中的书，《美丽新世界》，第一章。*这幢低矮的灰色建筑，只有三十四层高。主人口上方标注着中伦敦孵育与培养中心，在一块盾形徽章上，刻着世界国的格言：集体、身份、稳定。*一小时四十五分钟后，她已经翻了大半本书，周围的人几乎还是原来的那些人。他们还在那里发着呆，间或座椅咣当一下，谁都没有和别人说话，谁都没有和她说过一句话。唯一有变化的是向着自助秤迤逦前行的长蛇阵。偶尔有人走过去瞧瞧那些陈列在塑料展示柜里的纪念币。她坐在这个位置，能看到那是一套纪念莎士比亚诞辰抑或忌日的纪念币。一枚硬币上有个头盖骨的图案，那么大概就是忌日了。

伊丽莎白把注意力收回到书上，巧的是，眼前的这一页恰好引用了莎士比亚："*啊，美丽的新世界！*"米兰达在宣告美好的可能性，就连噩梦都可以变成美好而高贵的东西。

*"啊，美丽的新世界！"这是一个挑战，这是一道命令。*书看到一半，抬头瞥见这些纪念币，而恰好在此刻，莎士比亚被带进了书里。这真是太神奇了！她在自己座位上动了一下，不小心连累座椅又咣当一声，坐在边上的女人向上微微一颠，但那女人似乎并未察觉到这一动静，或者说并不在意。

坐在这样的共享座椅上，而彼此却如此不共融，真是滑稽。

然而，对此没有人能与她交换会心的眼神，更别说聊聊刚刚出现在她脑海里的关于书和纪念币的想法了。

总之，这种巧合在电视和书里才会有特殊的意义，但在现实生活中则毫无意义。他们会在莎士比亚诞辰的纪念币上刻什么呢？啊，美丽的新世界。这不错，这会有点像出生时的那种感觉，也许吧，如果有人能记得出生时是什么感觉的话。

屏幕显示 334。

大约四十分钟后，伊丽莎白对柜台后面的男人说，你好。

他说，一年里的天数嘛。

她说，你说什么？

他说，365 号呀。

她说，这一上午等下来，我一本书都快看完了，于是，我就想到，在这里摆些书，让人们可以边等边看书，那样好像也不错。你们有没有考虑过开办或者设立一个小型的图书馆？

他说，你这话说得真有趣，这里的大多数人根本不是来邮局办事的，自从图书馆关闭后，碰上下雨或者天气不好的时候，他们就会过来。

伊丽莎白回头看了看她刚刚坐过的地方，她腾出来的位置已经坐了一个很年轻的女人，正在哺乳。

他说，但不管怎样，谢谢你的建议，希望我们的回答能令你满意。

他准备按下旁边的按钮，召唤366号。

她说，别!

男人笑了起来，看样子是在开玩笑，肩膀上下抖动着，但他没有发出声音，像是在笑，又像是在夸张地装笑，同时又有点像哮喘发作。也许你不可以在邮政总局的柜台后面放声大笑吧。

她说，我一星期才来这边一次，如果你就这样把我打发了，我下个星期就又得再来了。

男人瞥了一眼她的预审表格。

他说，反正你下星期很可能还得再过来，十有八九这一次通不过。

她说，呵呵，很有趣。

他说，我不是在开玩笑，你不能拿护照开玩笑。

他把她信封里的所有材料都倒在了柜台隔断靠近自己的那侧。

在我们开始审核之前，我得和你说清楚，如果我现在就开始，今天就审核你的预审表，你就得付9.75英镑，我的意思是今天就得付9.75英镑，如果审出什么问题来，你还是得付 9.75 英镑，即使因为审出这样那样的问题，我们没办法把材料提交上去，你还是得付这笔钱。

她说，好的。

他说，但是，话虽如此，如果检查出来有什么地方不对，你也付了 9.75 英镑——你必须付——然后你纠正了出错的地方，一个月内带着材料回来，只要你出示收据，你就不用再付 9.75 英镑；但是，如果你一个月后才来，或者没有带收据来，你就得再付 9.75 英镑，我们才会再向你提供预审服务。

她说，明白了。

他说，你确定今天就要走预审流程吗？

她说，嗯。

他说，你别这样含含糊糊咕哝一声，就说是，可以吗，拜托？

她说，嗯，是。

他说，今天通不过，你也得付钱，即使是这样？

她说，我现在开始希望它不要通过，我还有几本经典名著没读。

他说，觉得自己很幽默吗？要我给你一张投诉表吗？你可以边等边填。但如果这样的话，我得告诉你，你必须离开柜台，我要接待别的顾客，而且，因为马上就到点吃午饭了，接下来我就不能再接待你了，你得重新取个号，再接着等。

她说，我绝对没有投诉的想法。

男人看着她填好的表格。

他说，你真的姓迪芒①吗？

她说，嗯，我是说是的。

他说，名副其实，这点我们已经确认了。

她说，呃。

他说，开玩笑啦。

他的肩膀上下抖动着。

他说，你确定把你的教名拼写对了？

她说，是的。

他说，这不是正常的拼法，据我所知，正常的拼法是用 z。②

她说，我的是 s。

他说，还真是奇特。

她说，这是我的名字。

他说，一般来说，来自其他国家的人才会用这样的拼法，不是吗？

他翻了翻过期的护照，说，但这里确实说你是英国人啊。

她说，我是。

他说，这里也是这样拼的，也是 s。

她说，这太令人惊讶了。

他说，不要挖苦人。

现在他在对比旧护照里的照片和伊丽莎白带过来的她在

---

① 伊丽莎白·迪芒的名字写法是 Elisabeth Demand，demand 在英语里的意思是"强硬的要求"。
② "伊丽莎白"的常见拼法是 Elizabeth。

照相亭里拍的新照片。

他说，认得出来，算是吧。（肩膀。）这只是二十二岁到三十二岁的变化，等你十年后来这里申请新护照，再来看看那时候的差别。（肩膀。）

他在根据旧护照核对表格上填写的数字。

他说，要出去旅游吗？

她说，也许吧，先备着。

他说，想去哪里？

她说，很多地方吧。谁知道呢？世界，牡蛎，任你驰骋。①

他说，严重过敏，这几个字提都不要提。如果我今天下午死了，我知道该让他们找谁算账。

肩膀，上下抖动。

然后，他把照相亭里拍的照片放下来，摆在面前，嘴角一歪，摇了摇头。

她说，怎么了？

他说，不，我想这应该没问题，头发，头发得完全撩开，不能碰到眼睛。

她说，是没碰到眼睛啊，它离我的眼睛远着呢。

他说，也不能在脸边上。

她说，它在我脑袋上，它就长在那里，而我的脸连着脑袋。

---

① 原文为 The world is your oyster. 世界是你的牡蛎，意思是"世界是属于你的"。

他说，俏皮话，一点都没用，规定就是规定，规定能让你最终拿到护照，有了护照，你才能离开这个岛去其他地方。换句话说，也能让你哪里都去不了。

她说，对，谢谢。

他说，我觉得没问题了。

她说，好。

他说，等等，等一下，等一下。

他站起来，在隔断后面窝下身去，起身的时候拿出一个纸板箱，里面装着各种剪刀、橡皮、订书机、回形针和一卷皮尺。他拿起皮尺，拉开头上的几厘米，把皮尺贴在那张照相亭相纸上伊丽莎白的其中一个头像上。

他说，对了。

她说，对了？

他说，我就知道，24毫米，就跟我想的一样。

她说，好啊。

他说，这可不好，恐怕一点都不好，你的脸尺寸不对。

她说，我的脸怎么可能尺寸不对？

他说，你没有按要求把脸对准面部框，这说的是如果你用的照相亭有护照标准提示功能的话，当然，也有可能你用的照相亭根本没有护照标准提示功能。不管怎样，恐怕都行不通了。

她说，那么我的脸应该是多大？

他说，提交的照片上正确的面部尺寸，是介于29毫米到34毫米之间。你的小了5毫米。

她说，为什么我的脸必须是一个特定的尺寸？

他说，因为就是这样规定的。

她说，是为了配合面部识别系统吗？

听到这话，男人总算正眼看她了。

他说，很显然，你这表格不合规定，我没法处理。

他从右边的一摞文件里抽出一张纸。

你应该去**快照快照**①，那里会按要求给你拍照的。你打算去哪里？他边说边拿着一个金属印章对准纸上的一个小圈盖了下去。

她说，嗯，哪儿都不去，直到我领到新护照。

他指着盖了章的圆圈旁边一个没盖章的圈。

请你在这个日期起的一个月内带着它再来办预审手续，如果到时候材料都没问题的话，你就不需要再付 9.75 英镑了。你刚刚说你想去哪里？

她说，我没说。

他说，如果我在这个框里写你的脑袋有问题，我希望你不要误解。

他的肩膀没有抖动。他在 *其他* 两个字旁边的方框里写下了这几个字：**头部尺寸错误**。

她说，如果这是电视剧，你知道现在会发生什么吗？

他说，基本上都是垃圾，电视，我喜欢套装剧。

她说，我要说的是，在下一幕，你会死于牡蛎中毒，而我会被抓起来，被冤枉。

他说，暗示的力量。

---

① 原文为 Snappy Snaps. 此处直译为"快照快照"。

她说，权力的暗示。

他说，哦，很聪明嘛。

她说，而且，照片上我的头尺寸不对，这个概念意味着我也许做过或者将要去做什么很不好的违法的事，而且，因为我问了你关于面部识别系统的问题，因为我刚好知道有这种技术，我问你护照办的人会不会用到这个，这就让我成了犯罪嫌疑人。而且，我们之间到目前为止发生的故事，在你的理解中会存在这样的观念：我可能会是个怪胎，因为我名字里的 z 成了 s。

他说，你说什么？

她说，就像一个小孩骑着车过去，我是说，就像如果你看电影或电视剧，有个小孩骑着自行车过去，你看着孩子远去，尤其是从孩子身后的摄影角度看着这一幕，那么，就一定会有些可怕的事情发生，这一定会是你最后一次见到这个孩子，而且，对于这一危机，孩子自己还什么都不知道。就只是一个孩子骑着车去商店买东西？这是不可能的啦。又或者，有个男人或女人愉快地开着车，就只是在外面开着车，享受着这一刻，没什么别的事，尤其是把这一幕和有人在等着这个人回家这样的情节剪辑在一起，那他（她）几乎肯定会撞车死掉；或者，如果是女的，就会被绑架，沦为恐怖的性犯罪的牺牲品，或者人间蒸发。不论是哪种情况，他（她）几乎一定是开着车驶向末路的。

男人把预审收据折起来，连同表格、旧护照和不合格的照片一起塞进伊丽莎白交给他的信封里，然后把信封递回给隔断另一侧的她。她在他眼里看到了极度的沮丧，他看到她看到了，神色愈加阴沉。他打开抽屉，取出一块层压板，放在隔断的前端。

本柜关闭。

他说，这不是虚构小说，这是邮局。

伊丽莎白看着他穿过后面的双开式弹簧门。

她挤过自助队伍，出了这个非虚构的邮局。

她穿过绿地，向公交车站走去。

她要去莫廷斯疗养院看丹尼尔。

丹尼尔还在这里。

伊丽莎白之前来的三次，他都在睡觉。这次她到的时候，他也还是会在睡觉，她会坐到床边的椅子上，掏出包里的书。

美丽的旧世界。

丹尼尔会睡得很沉，看上去就像永远都不会醒过来。

你好，格卢克先生，对不起，我来晚了。我在让人量我的脸，还让人把我给拒了，因为它不合规格。她会在他醒来时这么说。

但这样想毫无意义，他不会醒。

要是他醒过来，他首先会言之凿凿地告诉她在他意识深处，某个*有故事的地方演绎的某个场景。*

他会说，哎呀，那队伍叫个长啊，一直排到山顶。一溜流浪汉，从萨克拉门托那里一座山的山脚一直排到山顶！

她会说，是吗？不得了，真不是儿戏。

他会说，是的，所有喜剧性的事物都不是儿戏，都是严肃的。

他是最杰出的喜剧大师。他雇了他们，成百上千号人，相对于他这个电影明星乞丐，他们是真的，货真价实的叫花子，真的离群索居的游民，真的迷失了方向、无家可归的人。他想让这个淘金热的场面看起来真实。当地的警察说必须把这些流浪汉集中起来，带回萨克拉门托市后，制作人才能付钱给他们。警察不希望这些人四处晃。纵使他晚年跻身全世界最有钱最有名的男人之列，而在他孩提时代，母亲被关进精神病院，他在专为儿童设的济贫院也就是孤儿院里，赶上圣诞节，领到一包糖和一个橘子，和那里的其他孩子一样，但不一样的是，这包十二月的糖他一直留到了十月。

他会摇摇头。

他会说，天才。

然后，他会眯起眼睛看着伊丽莎白。

他会说，哦，你好。

他会看看她手里的书。

他会说，你在读什么？

伊丽莎白会把它举起来。

她会说，《美丽新世界》。

他会说，哦，老古董。

她会说，对我来说是新的。

那一刻的对话？想象出来的。

如今，丹尼尔陷入了一种长期睡眠状态。每一个当值的护工都要郑重其事地对坐在他身边的伊丽莎白解释，人快死的时候，就会进入长期睡眠状态。

他真美。

床上的他只有一丁点大，似乎就只是个头。现在的他又小又弱，瘦得像一条被卡通猫留下来的卡通鱼的骨架。被子下的身体所剩无几，瘪瘪的，几乎看不出来，就只剩一个头在枕头上，头部有个洞穴，那洞穴就是他的嘴。

他双目紧闭，很湿润。一吸一呼之间有很长的间歇，在这过程中没有呼吸，因此，每次他呼气出来，都有可能不会再有气进去。一个人这么长时间不呼吸，还能活着，这似乎不太可能。

护工们说，这么长寿，了不起啊。

活到这岁数，这么有福，这辈子真是赚了。护工们这话的意思好像是在说快到头了。

哦，真的吗？

他们不了解丹尼尔。

接待员说，你是亲属吗？我们一直联系不上格卢克先生的亲属。那是伊丽莎白第一次来这里的时候，她丝毫没有犹豫就撒了谎，她给了他们自己的手机号码、她妈妈家的电话和妈妈家的地址。

接待员说，我们还需要看一下身份证件。

伊丽莎白掏出护照。

接待员说，抱歉，这本护照过期了。

伊丽莎白说，是的，但只过期了一个月，我正要去更新，这很明显还是我本人啊。

接待员开始演说什么可以，什么不可以。然后，前门那边出了点状况，一台轮椅的轮子卡在了坡道与门之间的沟槽里。接待员去找人来解决问题。一名护工从后面出来，看到伊丽莎白正把护照放回包里，以为护照已经验过，没问题了，就打印了一张访客卡给伊丽莎白。

现在，当伊丽莎白看到那天轮椅被卡住的那个人时，她冲着他笑；他看着她，不认识她的样子。嗯，的确是这样，他不认识她。

她从走廊搬了把椅子过来，放到床边。

然后，不管她带的是什么书，她把书掏出来，万一丹尼尔睁开眼睛呢（他不喜欢别人盯着他看）。

她把书摊在手中，《美丽新世界》，她看着他的头顶，看着剩下的稀疏毛发下头皮上的深色斑点。

丹尼尔在床上纹丝不动，就像死了一样。然而，他仍然在这里。

伊丽莎白恍恍惚惚地掏出手机，输入 still①，就想看看会搜出些什么。

互联网立即就这个词的用法给出了一连串的句子。

真是一片寂静！

她仍然握着乔纳森的手。

他们转过身来的时候，亚历克斯仍然骑在马上。

然而，这真的看起来很时尚。

那群人站在那里，一动不动，等着。

然后，普萨美提克尝试了又一个计划。

他还是没有回应，她又继续说下去。

认识莱特兄弟的人仍然活着。

啊，对了，奥维尔和威尔②这两个异想天开的男孩，一切都是从他们开始的。他们让我们一天之内可以遨游世界，他们带来了空战，还有世界各地机场里那些无聊而不耐烦的安检长龙，但我可以跟你打赌，蒸馏酿酒厂里的蒸馏这个含义，那串句子里肯定没有。丹尼尔一动不动地躺在那里，没有开口，但说着这些话。

伊丽莎白像展开书卷那样滚动屏幕往下看。

丹尼尔说/没有说，书卷这个词让我想起赫库兰尼姆还未被发掘的图书馆里那些还卷着的书卷，两千年来无人问津，还在等着有一天能被展开。

屏幕滚动到页面底部。

---

① still 的意思包括：仍然、还是；然而、但是；更、还要；静止不动；蒸馏。
② 奥维尔和威尔即莱特兄弟，是飞机的发明人。

你说得对，格卢克先生，没有威士忌蒸馏。

丹尼尔说/没有说，然而，我真的看起来很时尚。

丹尼尔躺在床上，一动不动，那个洞穴——说不出话来的嘴——是道门槛，越过它，就是她所知的世界的尽头。

伊丽莎白盯着一幢老旧的公寓楼，就是那种你在历史镜头里看到的二十世纪六七十年代英国城市进行现代化改造时，被推土机推倒铲平的那种建筑。

它还没倒，但周围一片残垣，其他街道上的房子都像坏牙一样被拔除了。

她推开门。门厅很暗，墙纸污渍斑斑，脏得发黑。客厅里空荡荡的，没有家具，地板是破的，被之前的住客或者非法占用这里的人撬起来丢进壁炉里当柴烧了，旧壁炉架上一道浓黑的煤尘痕迹直冲屋顶。

她想象墙壁是白色的样子，她想象房子里的一切都刷成白色的样子。

就连地板里的洞，白色的破木板下的洞，也刷成白色。

窗外是高高的女贞树篱，伊丽莎白走出门，把那高高的树篱也刷成白色。

屋内，丹尼尔坐在一张刷白了的旧沙发上，沙发里冒出来的填充料也被白色的乳胶漆刷过，硬邦邦地支楞着。丹尼尔在笑她，他在无声地大笑，但像个孩子，两只脚抓在手里；而她在一片接一片把那些绿色的小叶子刷白。

她注意到他了。他眨眨眼睛。可以了。

他们一起站在纯净的白色空间里。

她说，是的，现在我们可以把这地方卖了，换一大笔钱，只有那些超有钱的人才能消受这样极简派的风格。

丹尼尔耸了耸肩。万变不离其宗。

伊丽莎白说，我们出去走走好吗，格卢克先生？

但丹尼尔已经径自走了，他在快速穿越这片白色的沙漠。她想要赶上他，但赶不上，他一直在前头，拉开了好一段距离。面前是一片无尽延伸的白色，她转头向后看，身后也是一片无尽延伸的白色。

她边追边冲着丹尼尔的后背说，有人杀了一名议员，一个男人开枪打死了她，又用刀捅了她，好像用枪还不够，但这已经是旧闻了。照以前，这种新闻能流传一年，但现在的新闻就好像羊群快跑着冲下悬崖。

丹尼尔的后背点点头。

伊丽莎白说，嗑了快速丸的托马斯·哈代。

丹尼尔停下脚步，转过身，他亲切地微笑着。

他闭着双眼，吸气，呼气。他穿着用医院床单做的衣服，边角印着院名；偶尔，她能瞥见上衣袖口或下摆衬里一角那粉红和蓝色的字。他在用一把白色的小折刀削一个白色的橘子，那一卷皮掉下去，融进白色，就像跌进厚厚的雪里，消失了。他眼瞅着，生气地发出一声——哧。他看着手中削了皮的橘子，白色的。他摇摇头。

他拍拍口袋、胸口和裤子，就好像在找什么东西。然后，他像个魔术师一样，直接从胸口，从锁骨处抽出一大团浮游的橘色。

他把它向前一抖，像一件巨大的斗篷那样在那片白色上方展开。在脱手前的那一刻，他缠了一些在手指上，裹住还在手中的那白得过头的橘子。

他手里的白橘子变成了正常的颜色。

他点点头。

他把绿色和蓝色像一串手绢一样从身体正中抽了出来，他手中的橘子变成了塞尚色。

人们围住了他，兴奋不已。

人们排起了长队，他们带来了自己的白色物件，伸着胳膊想要递给他。

人们开始在丹尼尔的名字下面匿名发表推特评论那样简短的评语，评论他改变事物的能力。

评论变得越来越刻薄。

他们开始发出一阵声音，听起来像是一大群马蜂在叫。伊丽莎白发现有什么东西快要漫到她的光脚丫，看着像是液体状的粪便，她躲避着，不让自己踩上去。

她大声提醒丹尼尔也要注意脚下。

睡着了吗？某些人是可以的，是吧？这是护工在说话。

伊丽莎白醒过来，睁开眼睛。书从腿上滑落，她捡了起来。

护工拍着补液袋。

她说，我们中的某些人还得靠工作来谋生。

她冲着伊丽莎白大致的方向眨眨眼。

伊丽莎白说，我走神了。

护工说，他也是。他是位很友善的绅士，我们很想他。长时间的睡眠状态，一般出现在情况更（停顿了一下）晚期的时候。

伊丽莎白想，停顿是一种精准的语言，胜过实际的语言。

她说，请不要这样谈论格卢克先生，好像他听不见似的，他和我一样能听到你说话，即使看起来好像在睡觉。

护工把看过的记录表挂回到床尾栏杆上。

有一天，我在给他擦洗——

她说这话的时候好像伊丽莎白不在那里，而且好像她也已经很习惯那里没有人，或者同样地，已经习惯必须当成没人在那里那样正常工作。

　　——休息厅里在放电视，声音很响，他的房门开着。他睁开眼睛，突然从床上坐起来。正在放广告，一个超市，人们的头顶上方响起了一首歌，然后，所有在买东西的人把手里的东西往地上一丢，就开始在店里各处跳起舞来。他一下子从床上坐起来，他说这首歌是我，我写的这首歌。

老基佬。伊丽莎白的妈妈轻轻嘟哝了一声。

为什么是他？她说这话的时候，声量正常了些。

伊丽莎白说，因为他是我们的邻居啊。

这是一九九三年四月一个星期二的晚上。伊丽莎白八岁。

妈妈说，但我们不认识他啊。

伊丽莎白说，按要求，我们应该去和一个邻居聊聊作为邻居是怎么回事，然后用文字描述一下邻居，你应该和我一起过去，我要准备两到三个问题向邻居提问，你应该陪着我。我告诉过你，我星期五就和你说了，你说我们会去的。这是学校作业。

妈妈正在弄眼部的妆。

她说，关于什么？关于他那些附庸风雅的艺术品吗？

伊丽莎白说，我们也有画，它们是附庸风雅的艺术品吗？

她看着妈妈身后的墙壁，那幅河和小屋的画，那幅用松果粒拼起来的松鼠，那幅亨利·马蒂斯的舞者的装饰画，那幅女人、裙子和埃菲尔铁塔的海报，妈妈小时候外公外婆的几张放大的照片，妈妈婴儿时期的几张照片，她自己的几张婴儿照。

妈妈说，在他的客厅中央，那块中间有个洞的石头，那是件很附庸风雅的艺术品。不是我八卦，我那次只是路过，灯开着。我以为学校给你们留的作业是收集辨认落叶。

伊丽莎白说，那都差不多是三个星期前的事了。你要出去？

妈妈说，要不我们打电话给阿比，在电话里问她这些问题吧？

伊丽莎白说，但我们现在已经不住在阿比隔壁了呀，必须是现在的邻居，必须当面，面对面地进行采访，我得问邻居小时候生活的地方是怎么样的，在我这么大的时候是怎么过的。

妈妈说，人家的生活是隐私，你不能就这样随便晃过去打探人家的生活，问东问西的。再说了，学校为什么要知道关于我们邻居的事？

伊丽莎白说，他们就是要知道啊。

她走到楼梯最高的那级台阶上坐下来。她会成为那个没按要求完成家庭作业的新来的转学生。现在，妈妈随时都会说她要去乐购的夜场商店买东西，半小时后就会回来；事实上，她两小时后才会回来，带着一身烟味，而且不会有任何从乐购买回来的东西。

伊丽莎白说，是关于历史和作为邻居的那些事啦。

妈妈说，他英文可能不太好，你不能去打扰虚弱的老人。

伊丽莎白说，他不虚弱，他不是外国人，他不老，他一点都不像被囚禁的样子。

妈妈说，他不像什么？

伊丽莎白说，明天要交的。

妈妈说，我有个主意。你为什么不编一下？假装你在向他提问，把你认为他会回答的话写下来。

伊丽莎白说，这得是真实的，这是新闻题材。

妈妈说，他们永远不会知道的。编一下吧，反正新闻也都是编出来的。

伊丽莎白说，新闻不是编出来的，这可是新闻。

妈妈说，这话题等你大一些我们再来讨论。总之，编其实难度更大。我的意思是，编得像，像到让人信服，这需要更多的技巧。我跟你讲，如果你编好了，让西蒙兹小姐相信，我就给你买《美女与野兽》那东西。

伊丽莎白说，录像带？真的吗？

妈妈以一只脚为轴心转过身去，从侧面打量着自己。

她说，嗯。

伊丽莎白说，可我们的录像机是坏的。

妈妈说，如果你能让她相信，我会花血本买台新的。

伊丽莎白说，你是说真的？

妈妈说，如果西蒙兹小姐因为这是编的而来为难你，我会打电话给学校，向她保证这不是编的，是真的。行了吧？

伊丽莎白坐到电脑桌前。

如果他真的很老，这个邻居，他一点都不像电视里看到的那些所谓的老人，那些人总是一副好像被困在橡皮面具里的样子，不只是一个面部的面具，而是把人从头裹到脚的皮囊，如果你能把它撕掉或者扒开，仿佛可以在里面发现一个原样的年轻人，直接从这身老掉的假皮囊里走出来，这身皮囊就像你把香蕉里的肉掏出来后剩下的那张皮。然而，当他们被困在里面的时候，那些人，至少是电影和喜剧节目中的那些人，他们的双眼看上去万分急切，好像不想泄密的同时又在努力向外界传递信号——他们被老了的空空的自我给俘获了。这些老了的空空的自我用心险恶，把他们关在里面，让他们活着，就像那些黄蜂，把卵产在其他生物体内，孵出来的幼虫就能以此为食，只不过是反过来的，老了的自我从年轻的自我身上取食。唯一留下来的会是那两只眼睛，哀求着，被困在眼窝后面。

妈妈站在前门。

她喊道，走了，很快就回来。

伊丽莎白跑向门厅。

她说，我想写优雅这个词，怎么写？

前门关上了。

第二天晚饭后，妈妈把新闻笔记本翻折在那一页，走出后门，穿过花园，来到仍旧洒满了阳光的后院围栏边，她探出身去，挥了挥手中的笔记本。

她说，嗨。

伊丽莎白站在后门注视着。邻居正在享受夕阳的余晖，看着书，喝着红酒。他把书放下来，摆在桌上。

他说，哦，你好。

妈妈说，我叫温迪·迪芒，我住在你隔壁。自从我和女儿搬过来后，我一直想要过来打声招呼。

邻居坐在椅子上说，丹尼尔·格卢克。

妈妈说，很高兴认识你，格卢克先生。

邻居说，请叫我丹尼尔。

他的声音就像是从老电影里传出来的，就是那种黑白片，讲的是那些穿得很帅的军用机飞行员的故事。

妈妈说，嗯，我真的不想打扰你，但我突然想到，我希望你不要介意，不会觉得这样太厚脸皮，我想你也许会想要看一下我女儿的作业，是一篇关于你的短文。

邻居说，关于我？

妈妈说，写得很有意思，《对我们隔壁邻居的描述》，我自己在里面的形象可不怎么好，但我读了一下，然后看到你在花园里，我就想，嗯，我的意思是写得很动人，把我写得挺不堪的，但写你真的写得很有意思。

伊丽莎白惊呆了，从头惊到脚，就好像震惊这个概念张开嘴，把她整个吞了下去，就像一副橡胶化的老年皮囊那样。

她缩回到门后，这里没人能看到她。她听到邻居移动椅子在石板地面上刮擦的声音，她听到他向围栏边站着的妈妈走过来。

第二天，她放学回家的时候，邻居正盘着腿坐在他家的院墙上，院墙边上就是她家的前门，她要进屋就必须从前门进去。

她在拐角就定住了，僵在那里，一动不动。

她会做出一副路过的样子，假装自己不住在这幢她们实际住着的房子里。

他不会认出她来，她会是一个住在另一条街上的小孩。

她穿过马路，就像只是路过。他松开盘着的腿，站了起来。

他开口说话的时候，那条路上没有别人，所以这话肯定是对她说的，逃不掉了。

他在马路对面说，你好，我希望能碰到你，我是你的邻居，我叫丹尼尔·格卢克。

她说，我其实不是伊丽莎白·迪芒。

她没有停下脚步。

他说，哈，你不是，我知道了。

她说，我是另外一个人。

她在马路对面停下来，转过身。

她说，那是我姐姐写的。

他说，明白了，好吧，不管怎样，我有话要对你说。

她说，什么？

他说，我觉得你的姓起源于法语，法语的 de 和 monde，组合在一起，翻译过来的意思是世界的。

她说，真的吗？我们一直以为是提要求的意思。

格卢克先生在道牙上坐下来，双臂环抱着膝盖，他点了点头。

他说，世界的或者世界上，我想是这样的，是的，也许还表示人民的，就像亚伯拉罕·林肯说的那样，属于人民所有，由人民主宰，为人民服务。

（他不老，她没说错。真正老了的人不会盘着腿坐成那样，也不会像那样抱着膝盖，老人们什么都做不了，只会呆呆地坐在客厅里，就像被高压电枪给击中了似的。）

她说，我知道我的——我姐姐的——教名，我是说伊丽莎白这个名字，本来应该是向上帝承诺的意思，但这有点难，因为我不能完全确定我相信上帝，我的意思是，她相信，我是说，不相信。

他说，我们之间的另一个共同点，我和她。实际上，从我碰巧经历的历史来看，我会说她的名字伊丽莎白意味着某一天她可能会出乎意料地成为女王。

她说，女王？像你一样？

他说，呃——

她说，我个人觉得那就太好了，因为那样你身边就一直都会有附庸风雅的艺术品。

他说，哈，对啊。

她说，但如果伊丽莎白这个名字的拼法，用的是 s 而不是 z，还有这个意思吗？

他说，哦，是的，毫无疑问。

伊丽莎白走到马路对面邻居所在的那一侧，隔了点距离站定。

她说，你的名字是什么意思？

他说，意思是我很幸运很开心，格卢克那部分的意思。如果把我丢到坑里，和一窝饥肠辘辘的狮子待在一起，我也能活下来，这说的是我姓以外的名字。如果你做了个梦，不知道它是什么含义，你可以来问我。我的名字还赋予了我解梦的能力。

她说，你真的会？

伊丽莎白在道牙上坐下来，在邻居旁边，只隔了一点点的距离。

他说，其实我不行，但我能编一些管用的东西出来，让人觉得有趣，说得很准，还很善意。这是我们的共同点，我和你。还有想成为别人就能成为别人的能力。

她说，你是说你和我姐姐的共同点吧。

他说，是的，很高兴终于见到你们俩了。

她说，你什么意思，终于？我们才搬来六个星期。

他说，一生的朋友，我们有时候要等上一辈子才能遇到。

他伸出手，她站起来，走过去，伸出自己的手，他握住了她的手。

他说，再见，出人意料的世界女王，永远心系人民。

投票才过去一个多星期。伊丽莎白的妈妈住的那个村子里，商业大街已经挂上了彩旗，迎接暑期节庆的到来，红色、白色和蓝色的塑料片映衬着危机四伏的天空，虽然此刻并没有在下雨，路面也是干的，但这些三角形的塑料片在风中互相拍打着，动静响彻整条大街，就像在下一场倾盆大雨。

整个村子被一种阴沉的气氛笼罩着。伊丽莎白路过公交车站不远处的一幢小屋，看到房子的正面从门到窗户上方一整片都被涂上了几个黑色的大字：滚回家去。

人们要么垂着眼，要么看向别处，要么盯得她不敢直视。她在为妈妈买水果、布洛芬和报纸时，店里的那些人说起话来带着一种新的冷漠语气。她从车站去妈妈家的一路上，路过的人看她的时候，互相打量的时候，有种新的倨傲神情。

她到的时候，妈妈告诉她，现在半个村子的人不和另一半的人说话，这对她来说几乎没什么影响，因为反正无论是现在还是从前，都没人和她说话，尽管她已经在这里住了快十年了（这话她说得有点夸张）。说这话的时候，她正在自己砸钉子，往厨房的墙上挂一张旧的当地地形测绘图。这是她昨天从店里买的。那家店过去是当地的电工开的铺子，卖各种电气用品，现在成了卖塑料海星、陶器模样的东西、园艺工具和帆布园艺手套的地方，这些东西就像是照着二十世纪五十年代的功利主义乌托邦复制的。

这种店里卖的东西，看起来漂漂亮亮的，价超所值，让你觉得如果你买下来，你就会过上那种像样的生活。妈妈从牙缝里挤出这些话来，嘴里还叼着两枚小钉子。

这张地形图是一九六二年出的。妈妈已经用记号笔围着海岸画了一道红线，标示着新海岸的位置。

她指着这条新的红线上内陆深处的一个点。

她说，十天前，就在那个地方，二战时期的碉堡沉到了海里。

她又指着地图的另一边，离海岸最远的地方。

她说，那里筑起了新的围栏，你看。

她正指在**公共用地**里的**公共**两个字上。

据说在村子不远处的一块地上竖起了一道三米高的围栏，上面布着成卷的铁丝网，整片围栏的立柱上都安装了监控摄像头。围起来的那块地上几乎什么都没有，只有荆豆、平沙地、几簇长草、长得乱七八糟的几棵树和几丛野花。

妈妈说，走，瞧瞧去，我希望你能做点什么。

伊丽莎白说，我能做什么？我只是个艺术史的讲师。

妈妈摇摇头说，你会知道该做些什么的，你年轻。来吧，我们一起去。

她们沿着一条只能容纳一辆汽车通行的道路走着，路两边的草长得很高。

妈妈说，真不敢相信他还活着，你的格卢克先生。

伊丽莎白说，莫廷斯疗养院的人也几乎都这么说。

妈妈说，他那时候就已经很老了，他一定得有一百多岁了吧，一定的。九十年代的时候，他就已经八十了。他那时候走在街上，我记得，老得背都弯了。

伊丽莎白说，我根本不记得有那么回事。

妈妈说，就像他背着整个世界的重量。

伊丽莎白说，你以前总是说他像个舞蹈家。

妈妈说，一个老舞蹈家，他的身子都弓起来了。

伊丽莎白说，你以前常常说他轻盈灵活。

然后她说，

哦，天哪。

在她们面前，自从妈妈搬到这里后，伊丽莎白走过多次的那条路被拦腰截断，不管她转头向哪个方向，极目望去，挡在路上的是一大片金属网。

妈妈在围栏边翻松的泥地上坐下来。

她说，我累了。

伊丽莎白说，才走了两英里。

妈妈说，我不是这个意思，我是心累，我烦透了这些新闻，烦透了把稀松平常的事搞得惊天动地的，而对待极其严重的问题，又处理得太过简单，我烦透了刻薄的抨击，烦透了愤愤不平，烦透了吝啬，烦透了自私自利，烦透了我们不加以阻止，还纵容鼓励，我烦透了现在的暴力行为，烦透了那些正在酝酿，即将发生，但还没有发生的暴行，我烦透了骗子，烦透了合法化的骗子，烦透了那些骗子纵容这些事情，烦透了去揣摩他们这么做到底是因为愚蠢还是有意的，我烦透了撒谎的政府，烦透了人们不再在乎是不是在蒙受欺骗，烦透了老是被弄得如此胆战心惊，烦透了仇恨，烦透了懦性。

伊丽莎白说，我觉得这不算个词。

妈妈说，我烦透了不知道正确的词。

伊丽莎白想到了沉在水下的碉堡的残垣废砖，在潮水的拍打下，从砖孔里升起一串串的小气泡。

她在想，我是水下的一块砖。

妈妈感觉到女儿的心不在焉，身子一瘫就朝着围栏靠下去。

伊丽莎白被妈妈弄得很烦（她才来了一个半小时就已经烦了），她指着铁丝网上遍布的小夹子。

小心，我觉得这是通电的。

全国各地，愁苦交织着欢喜。

全国各地，已经发生的事在四处扬鞭肆虐，就像被暴风雨从电缆塔上刮断的一截带电的电线，在树木、屋顶和行驶的车辆上空飞舞。

全国各地，人们觉得这是错的；全国各地，人们觉得这是对的；全国各地，人们觉得他们真的输了；全国各地，人们觉得他们真的赢了；全国各地，人们觉得自己做对了，别人做错了；全国各地，人们在谷歌上查：*什么是欧盟*；全国各地，人们在谷歌上查：*移居苏格兰*；全国各地，人们在谷歌上查：*爱尔兰护照申请*；全国各地，人们互相叫对方龟孙子；全国各地，人们没有安全感；全国各地，人们笑得大牙都掉了；全国各地，人们感到自己是合法的；全国各地，人们感到自己成了遗孤，惊魂未定；全国各地，人们感到自己是正义的；全国各地，人们很反感；全国各地，人们感到历史就在肩头；全国各地，人们感到历史毫无意义；全国各地，人们感到自己无足轻重；全国各地，人们寄希望于此；全国各地，人们在雨中挥舞着旗帜；全国各地，人们画着万字符的涂鸦；全国各地，人们威胁别人；全国各地，人们叫别人滚蛋；全国各地，媒体疯了；全国各地，政客撒谎；全国各地，政客分道扬镳；全国各地，政客突然消失；全国各地，承诺成为泡影；全国各地，钞票没了；全国各地，社交媒体大行其道；全国各地，情况变得很糟；全国各地，没人谈论这事；全国各地，没人谈论其他任何事；全国各地，种族仇恨很普遍；全国各地，人们说并不是他们不喜欢移民；全国各地，人们说这是控制的问题；全国各地，一夜之间一切都变了样；全国各地，富人还是富人，穷人还是穷人；全国各地，仍旧是那一小部分人从那大部分人身上赚钱；全国各地，钱钱钱钱；全国各地，没钱没钱没钱没钱。

全国各地，四分五裂；全国各地，各自为政。

全国各地，楚河汉界，藩篱横亘，这里一道围栏，那里一堵墙，这里一条线，那里一条线，

这条线你不能跨过来，

那条线你最好不要越过去，

这里是曲线美，

那里是排排舞，

这里有一条你甚至都不知道的线，

那里有一条你不能承受的线，

一条全新的枪口对准的火线，

作战队形，

线的尽头，

这里/那里。

这是二〇一五年九月末的一个星期一，法国南部的尼斯，天气像往常一样暖和。街上的人们盯着省府大楼的外墙，一条长长的顶端有个万字符的红色条幅刚刚从楼顶奔流而下，贴着一层层的阳台，垂在了大楼的正面。有人尖叫起来，人群中一阵惊呼，纷纷指着眼前的这一景象。

这只是一个摄制组在拍摄一部根据回忆录改编的电影，借这幢大楼来重现当年的伊克赛尔瑟酒店。意大利向同盟国投降后，盖世太保取代了他们，党卫军军官阿洛斯·布伦纳的办公场所和住处都设在这里。

第二天的《每日电讯报》报道了当地政府向市民道歉没有将拍摄计划通知到位，而民众的困惑和反感则迅速演变成大规模的自拍行为。

报纸在文章结尾做了个民意调查——当地居民对条幅感到愤怒是正当的吗：是／不是？

差不多四千民众参与了投票，百分之七十的人说不是。

这是一九四三年九月末的一个星期五，法国南部的尼斯，天气像往常一样暖和。二十二岁的汉娜·格卢克（她的真名不在她的身份文件里，那上面写的名字是艾德丽安·艾伯特）坐在一辆卡车的车斗底板上。他们已经接了九个人了，都是女的，汉娜一个都不认识。她和对面的女人互相看了对方一眼，那女人目光向下一转，继而又抬起眼来和汉娜对视了一下，然后两人都垂下了眼，看着卡车车斗的金属底板。

没有随行车辆。一名司机加上一名警卫和一位非常年轻的长官坐在前面，后面的两个，年纪更轻。卡车一部分是敞开的，一部分用帆布遮住了顶。街上来来往往的人能看到她们的脑袋和那两个警卫。汉娜爬上车的时候，听到那位长官对后面的其中一名警卫说，让她们安静。

但路上的人并没有注意到，或者是刻意让自己这样。他们看过来，又看向别处，然后又看过来，但他们并没有在看。

街道上一片明媚，大楼反射出来的绚烂无比的阳光都洒向了卡车的车斗。

车子进了一条小巷，把巷子给堵了起来，他们准备在那里再接两个人。汉娜又和对面的女人目光撞在了一起，女人的头动了动，很隐晦地表示赞成。

车子猛地一颠，停了下来，前面堵成了一团。他们走的是最蠢的路线。很好，嗅觉告诉她，这是星期五的鱼市，热闹得很。

汉娜站了起来。

其中一名警卫叫她坐下。

对面的女人站了起来，卡车里其他的女人有样学样，一个接一个站了起来。警卫向她们大声吼着，叫她们坐下，两名警卫都在吼，其中一个朝她们挥着枪。

汉娜想，这个城市还没见惯这样的场面。

冲汉娜点头的那个女人对那两个男人说，走开，你们总不能把我们都杀了。

你们这是要带她们去哪里？

一个女人走了过来，往车里看。一小群从市场里出来的女人、优雅的女人、戴着头巾的卖鱼的姑娘和妇人，在她身后聚集起来。

然后，那位长官下了车，冲着那个刚刚问他们要把这些女人带到哪里去的女人一推，这一推正好推在她脸上，她身子一歪，栽倒在地，头撞在石头路桩上，头上那顶雅致的帽子也掉了。

路边的那一小群女人走上前来，她们的肃静是听得到的，这种肃静像阴影，像云层一样向整个市场蔓延。

汉娜想，这种肃静与发生日食时虫兽屏声、鸟儿停唱的那种寂静相似，在那一刻，明明是大白天，却像夜一样黑。

汉娜说，对不起，各位女士，我要在这里下了。

卡车上的那群女人缩到一边给她让路，让她先走。

这是一九九五年十月假期的又一个星期五。伊丽莎白十一岁。

妈妈说，今天，隔壁的格卢克先生会来照看你，我得再去趟伦敦。

伊丽莎白说，我不需要丹尼尔来照看我。

妈妈说，你才十一岁，你没得选择，还有，别叫他丹尼尔，叫他格卢克先生，要有礼貌。

伊丽莎白说，你哪知道什么是礼貌？

妈妈冷冷地瞪了她一眼，说她的问题就是跟她爸爸一个样。

伊丽莎白说，很好，我可不想最后跟你一个样。

她在妈妈身后锁上了前门，又把后门也锁了。她拉上了客厅的窗帘，坐下来，划着火柴丢到沙发上，想看看这组新的三件套家具到底有多防火。

她从窗帘缝里瞥见丹尼尔正沿着前面的小道走过来，于是打开了门，虽然之前已经想好了不开门的。

他说，你好，你在读什么？

她把双手一摊。

她说，我看起来像在读什么书吗？

他说，一直是在读着什么东西的，即使表面上不是那么回事。不然我们怎么来研读这个世界？把它当成一种恒常吧。

她说，恒常的什么？

他说，恒常的恒常。

他们去运河堤岸散步，每遇到一个人，丹尼尔都要说声你好，有时候人们也回他一句你好，有时候他们不回他。

她说，真的不应该和陌生人说话。

他说，等你像我这么老的时候就没问题，像你这个年纪的人是不应该的。

她说，我烦透了我这个年纪，根本没得选择。

他说，没事，一眨眼就过去了。来，告诉我吧——你在读什么？

她说，我看的上一本书是《吉尔的赛马会》。

他说，噢，它让你想到了什么？

她说，你的意思是它讲的是什么？

他说，如果你愿意这么理解的话。

她告诉他，故事讲的是一个女孩，她的爸爸死了。

他说，奇怪，听起来还以为主要是讲马的事。

她说，书里的确是讲了很多关于马的事，实际上，书里也没写她死了的爸爸，根本没写这个人，只不过就因为他不在，她们才搬了家，妈妈得工作，女儿对马产生了兴趣，然后就有一场赛马会，这样那样的事。

他说，但是你爸爸没死吧？

她说，没，他在利兹。

他说，赛马会这个词，很妙，它是从几种语言里长出来的。

她说，词是不会长的。

他说，会的。

她说，词又不是植物。

他说，词本身是有机体。

她说，牛至-体。①

他说，草本和词汇，语言就像罂粟花，只需要把周围的土翻起来，在下面沉睡的词就会冒出来，鲜红鲜红的，毫无颜色，在风中摇曳，然后种囊开始噼噼啪啪地爆出种子，然后就会有更多的语言等着破土而出。

她说，我能问你一个跟我和我的生活和我妈妈的生活没有一丁点关系的问题吗？

他说，尽管问，但我不能保证我一定会回答，除非我有很好的答案。

她说，行。你有没有和人去酒店，同时又在一个你得负责的孩子面前假装你在做别的事？

他说，啊，在我回答这个问题之前，我得先弄清楚你这问题是不是隐含着道德批判。

她说，如果你不想回答我的问题，格卢克先生，你应该直接说出来。

———————

① 上文"有机体"原文是 organisms，伊丽莎白学着发音，误说成了 oregano-isms。

丹尼尔笑了，然后他不笑了。

他说，嗯，这要看你到底想问什么。是针对去酒店的行为，还是那个去或者没去酒店的人，还是假装，还是在孩子面前假装的行为？

她说，是的。

他说，这是一个关于我个人的问题，问我有没有和人去过酒店？这么做的同时，又向另外一个人假装我不是在做我当时正在做的事？还是要问我这是不是要紧，我可能欺瞒过也可能没有欺瞒过的对象不是成年人而是个孩子？还是说，更笼统些，你想知道骗一个孩子是不是错的？

她说，所有这些。

他说，你是个非常聪明的年轻人。

她说，我打算毕业后去上大学，如果我上得起的话。

他说，哦，你不会想上大学的。

她说，我想的，我妈妈是我们家的第一个大学生，我会是下一个。

他说，你想上拼贴画。

她说，我想上大学，接受教育，获得文凭，然后我就能找到一份好工作，赚好多钱。

他说，好吧。那学些什么呢？

她说，我还不知道。

他说，人文学科？法律？旅游？动物学？政治？历史？艺术？数学？哲学？音乐？语言？古典文化研究？工程学？建筑学？经济学？医学？心理学？

她说，所有这些。

他说，所以你得上拼贴画嘛。

她说，你说错了，格卢克先生，你说的这个词指的是你把图片或彩色的纸片裁出来，然后贴到纸上。

他说，我可不这么认为，拼贴画是一所教育机构，在那里，所有的规则都可以抛掉，尺寸、空间、时间、前景和背景都是相对的，正因为这些技能，你以为自己熟悉的一切可以被改造成新的陌生的东西。

她说，你还在用回避策略应付酒店的问题吗？

他说，说真的？是的。你想玩哪种游戏？我给你两个选择：一、每幅画讲述了一个故事；二、每个故事讲述了一幅画。

她说，每个故事讲述了一幅画是什么意思？

他说，今天，这意思是我会向你描述一幅拼贴画，然后由你来告诉我你的想法。

她说，都不用亲眼看到？

他说，对你来说，是在想象中看；对我来说，则是在记忆中看。

他们在一张长凳上坐下来。几个孩子在前面的礁石上钓鱼，他们的狗站在礁石上，甩着沾在皮毛上的运河河水，水像扇面一样洒开，打到那些男孩身上，他们尖叫着大笑起来。

他说，画还是故事？你来选。

她说，画。

他说，好，闭上眼睛。闭上了吗？

她说，是的。

背景是浓重的深蓝色，比天空深得多的蓝色。在这层深蓝的颜色上面，在画面的中央，有一枚浅色的小纸片，看上去像是满月，在月亮上方，比月亮大，有一个从报纸或时尚杂志上剪下来的一个黑白的穿泳装的女子，她的旁边，是一只巨大的手，就好像她靠在这只手上，这只巨手握着一只很小的手，婴儿的手，更准确地说，婴儿的手也握着这只巨手，握着它的大拇指，所有这些的下方，是一个女人的脸的艺术照，这张脸重复出现了几次，但是每次垂在鼻子前面的一绺鬈发颜色都不同——

她说，就像发廊里那样？就像染头发的色样？

他说，你说对了。

她睁开眼睛，丹尼尔闭着眼睛，她又闭上了自己的眼睛。

在远处，在画面底部的那片蓝色里，是一艘船的画，扬着帆，但很小，是整幅拼贴画里最小的东西。

她说，嗯。

最后，有一些粉红色的蕾丝，我的意思是实际材料，真的蕾丝，贴在画的两处，靠近顶部一簇，然后再下来靠近中间还有一簇。就这样，我就记得这些了。

伊丽莎白睁开眼睛，过了一会儿，她看到丹尼尔也睁开了眼睛。

等她回家后，夜里在电视机前的沙发上睡着的时候，伊丽莎白会记得看到他睁开双眼，这一瞬间就好像你正巧看到路灯亮起，感觉你被赐了一件礼物或一个机会，感觉你在芸芸众生中被这一刻选中。

他说，你有什么想法？

她说，我喜欢把蓝和粉红放在一起的这个想法。

他说，粉红的蕾丝，深蓝的颜料。

她说，我喜欢能伸手触摸到粉红，我是说如果它是蕾丝的话，它和蓝的触感会不一样。

他说，哦，很好，非常好。

她说，我喜欢就像大手握着小手那样，小手也握着大手。

他说，今天，我特别喜欢那条船，扬着帆的大帆船，如果我没记错的话，如果它真在那里的话。

她说，那就是说，这是真的画？不是你编的？

他说，是真的，嗯，曾经是存在的，我的一个朋友画的，一位艺术家，但我是凭记忆编出来的画面。你能想象到什么？

她说，就像我在嗑药的感觉。

丹尼尔在运河边的走道上停下来。

他说，你没嗑过药吧？

她说，没，但如果我嗑过，所有东西都一下子出现在脑袋里，全都好像涌进来，就会有点像这种感觉。

他说，天哪，你会告诉你妈妈我们一个下午都在嗑药。

她说，我们能去看看吗？

他说，看什么？

她说，那幅拼贴画。

丹尼尔摇摇头。

他说，我不知道它在哪里，也许早就没了，天知道这些画现在在世界的哪个角落。

她说,那你原先是在哪里看到的?

他说,我是在二十世纪六十年代早期看到的。

他这么说就好像时间是一个地方。

他说,她创作这幅画的那天,我就在那里。

她说,谁?

他说,温布尔登·芭铎。

她说,那是谁?

丹尼尔看看他的表。

他说,快点,艺术生,我的宝贝弟子,该走了。

她说,时间飞一样。

他说,嗯,是的,它会飞,真的。看好了。

以上发生的种种,绝大部分,伊丽莎白都已经不记得了。

但她的确还记得,那一天,他们沿着运河堤岸在走,她还很小,丹尼尔摘下手腕上的表,一扬手丢进了河里。

她记得当时那种紧张刺激的感觉,挥之不去。

她记得当时在下方的礁石上有两个男孩,那块表在他们头顶上方划出一道弧线,撞到水面,引起了他们的注意,她记得自己知道飞过去的不是一块石头或者垃圾,而是一块表,丹尼尔的表,而且她也很清楚那些男孩是不可能知道的,只有她和丹尼尔才知道他刚刚做的事有多严重。

她记得丹尼尔让她来选,*扔还是不扔*。

她记得自己选择*扔*。

她记得回家的时候,心里揣着惊人的事要告诉妈妈。

这是在另一个时间里发生的另一件事。当时，伊丽莎白十三岁。关于这件事，她也只记得些零星碎片。

不管怎么说，你为什么总是和这个老同性恋泡在一起？

（那是她妈妈。）

伊丽莎白说，我没有恋父情结，而且丹尼尔也不是同性恋，他是欧洲人。

妈妈说，叫他格卢克先生，你怎么知道他不是同性恋？如果这是真的，他不是同性恋，那他想从你这里得到什么？

伊丽莎白说，就算他是，那他也不只是个同性恋，他不是简单的这个或那个，谁都不是，连你都不是。

妈妈现在超级敏感，超级烦人，这是因为伊丽莎白十三岁了，不是十二岁，不管是因为什么，都超级让人恼火。

妈妈说，不要没礼貌，你是个十三岁的人了。喜欢和十三岁的女孩子泡在一起的老头，你得小心点。

伊丽莎白说，他是我朋友。

妈妈说，他都八十五岁了。一个八十五岁的老头怎么可能是你朋友？你为什么就不能像正常的十三岁的孩子那样交正常的朋友？

伊丽莎白说，这取决于你怎么定义正常，你怎么定义正常，是不会和我一致的，既然我们都处在相对论中，我的正常和你的正常在目前是不一致的，而且我怀疑将来也永远不会一致。

妈妈说，你从哪里学的这种口气？你们出去散步就是在学这个？

伊丽莎白说，我们只是走走，我们就只是说说话。

妈妈说，说些什么？

伊丽莎白说，没什么。

妈妈说，说我吗？

伊丽莎白说，不是的！

妈妈说，那说什么？

伊丽莎白说，各种东西。

妈妈说，什么东西？

伊丽莎白说，东西，他和我讲书啊什么的。

妈妈说，书。

伊丽莎白说，书啊，歌啊，诗啊，他知道济慈，多雾的季节，打开了鸦片。

妈妈说，他打开了什么？

伊丽莎白说，他知道迪伦的事。

妈妈说，鲍勃·迪伦？

伊丽莎白说，不是，是另一个迪伦，他记得可清楚了，很多事，但他的确曾经见过那个歌手鲍勃·迪伦，那时鲍勃·迪伦住在他朋友那里。

妈妈说，他告诉你他和鲍勃·迪伦是朋友？

伊丽莎白说，不是，他只是见过他，那是一个冬天，他睡在朋友家的地板上。

妈妈说，鲍勃·迪伦？睡地板？我不信，鲍勃·迪伦一直以来都是国际巨星。

伊丽莎白说，他还知道你喜欢的那个自杀的诗人的事。

妈妈说，普拉思？自杀的事？

伊丽莎白说，你真是没弄明白。

妈妈说，这个老头向我十三岁的女儿灌输自杀的念头和关于鲍勃·迪伦的一大堆谎言。我没弄明白的到底是什么？

伊丽莎白说，总之，丹尼尔说她怎么死的并不重要，只要你还能够说出或者读到她的诗句，比如那句不再悲伤，还有那句黑暗之女仍像盖伊·福克斯在燃烧。

妈妈说，这听着不像普拉思啊，不，我几乎可以完全肯定我从来没在普拉思的诗里读到过这样的句子，她的诗我都读过了。

伊丽莎白说，这是迪伦，还有那句爱是常青的。

妈妈说，格卢克先生还和你讲了哪些关于爱的事？

伊丽莎白说，他没有，他和我讲画。

妈妈说，他给你看画？

伊丽莎白说，一个他认识的网球运动员画的，这些画不是人们想去看就能看到的，所以他就讲给我听。

妈妈说，为什么看不到？

伊丽莎白说，就是看不到嘛。

妈妈说，私密的画？

伊丽莎白说，不是的，嗯，可能算是吧，他知道的那些画。

妈妈说，画的是网球运动员？网球运动员在干什么？

伊丽莎白说，不是。

妈妈说，天哪，我到底做了什么？

伊丽莎白说，你做的就是利用丹尼尔当了我好多年的临时保姆。

妈妈说，我跟你说过，叫他格卢克先生。我没有利用过他，不是这样的。我要知道，我要知道细节。画的是什么？

伊丽莎白恼怒地吼了一声。

她说，我不知道，有人，有东西。

妈妈说，画里的人在干什么？

伊丽莎白叹了口气，闭上眼睛。

妈妈说，马上给我睁开眼睛，伊丽莎白。

伊丽莎白说，我得闭上眼睛，不然我就看不到它们了。可以吗？好。玛丽莲·梦露被玫瑰包围着，然后她四周画着亮粉色、绿色和灰色的波浪。只是这幅画画的不是玛丽莲本人，而是她的画，记住这点很重要。

妈妈说，哦，是吗？

就好像我给你拍张照，然后画的是这张照片，不是你。那些玫瑰看起来不像玫瑰，有点像花墙纸，但玫瑰也从墙纸里伸出来，绕在她的锁骨边，像是在拥抱她。

妈妈说，拥抱，知道了。

然后是一个法国人，法国曾经的一位名人，男人，他戴着帽子和墨镜，帽子上有一堆红色的花瓣，像是一朵巨大的红花，而他是灰黑白的，像是报纸上的照片，他后面一整片明亮的橙色，有点像小麦田或者金色的草地，在他的上方是一排心。

妈妈坐在餐桌旁用双手蒙着自己的眼睛。

她说，继续说。

伊丽莎白又闭上了眼睛。

这幅画是一个女人，不是名人，只是一个普通女人，她在笑，有点像是在蓝天中向上扬着双臂。她的身后，在画的底部是阿尔卑斯山，但很小，还有很多五颜六色的锯齿形线条，而且这个女人没有身体，也没有衣服，她的内脏是由画构成的，别的东西的画。

妈妈说，他和你说女人的身体、女人的内脏。

伊丽莎白说，不是的，他和我说的是一个女人的身体是由画构成的而不是身体，这很清楚。

妈妈说，什么画？画的是什么？

事物，世上的事物，一朵向日葵、一个像从黑帮片里走出来的拿着把机关枪的男人、一爿工厂、一个看起来像俄罗斯人的政客、一只猫头鹰、一艘爆炸的飞船——

妈妈说，格卢克先生在脑海中想象出这些画，然后把它们放进女人的身体里？

伊丽莎白说，不，它们是真实的，有一幅《这是一个男人的世界》，上面有豪华的古宅，有披头士乐队，有猫王，还有一位在车后座中枪的总统。

这时候，她妈妈大叫起来。

于是，她决定不和妈妈说有这样的拼贴画，画上的孩子被大剪刀剪下了脑袋，还有一只大手从阿尔伯特音乐厅的屋顶伸出来。

她决定不提那幅画，画上的女人让整个政府垮了台，她光着身子坐在一张翻转过来的椅子上。画面上所有红色的颜料和蹭在红色上的几道黑色，丹尼尔说那就像核爆炸后的沉降物。

即便这样，妈妈还是在最后说

（时隔近二十年，关于以上的对话，伊丽莎白确确实实还记得的内容，一字不差）：

不正常。

不健康。

你不可以。

我不准。

够了。

一分钟前还是六月，现在这会儿的天气已是九月。庄稼长得高高的，正等着收割，一片灿烂的金色。

十一月？难以想象，就只隔着一个月了。

白天还是很暖和，但在背阴处却透着寒意；夜晚来得愈加早了，也愈加冷了，光在日渐消退。

七点半天就黑了，七点一刻天就黑了，七点天就黑了。

八月以来，实际上，七月以来，树上的绿叶就已经暗淡了。

然而，花儿还在绽放；绿篱依旧生机勃勃；棚内已经堆满了苹果，而外面还有满树的果子。

鸟儿栖在电线上。

雨燕几周前就已飞走，如今已在千里之外，大海上空。

II

但现在？老头（丹尼尔）睁开眼睛，发现自己根本睁不开眼睛。

他似乎被关在什么东西里面，那东西像极了欧洲赤松的树干。

至少，它闻起来像松树。

他无法判断，他动不了。在一棵树里面，活动的空间是很有限的。他的嘴巴和眼睛都闭着，被树脂胶上了。

说实话，嘴里这味道也不算太糟糕，但欧洲赤松的树干的确是窄，又直又高，因为这种树很适合做电线杆，做矿井里的坑木，从前，工业依靠人们在矿井里劳作，而矿井又依靠坑木牢牢地撑住坑道的顶。

如果你不得不去地下，那就去地下成为有用之材；如果你终将在刀斧下丧生，来生遍及四野，成为人与人之间的信使，也不失为一件美事。松树长得高，这比困在一棵矮种针叶树里强多了。

在欧洲赤松的顶端，看得到很远的地方。

丹尼尔躺在床上，困在树里，他没有惊慌，甚至都没有感到幽闭恐惧，这里还不错，除了那种麻痹感，但可能一会儿就过去了。要乐观。不，实际上，他很高兴这样一动不动地被困在里面，因为困住他的这棵树不是随随便便的一棵老树，而是这样古老、适应性强的高贵树种，这种树早在所有带叶树种出现之前就有了；它是万能的，它不需要太深的土壤，寿命极长，能活几百年。但困在这样的树里面，最妙的是它比一般的树颜色丰富，一片欧洲赤松可以从绿色渐变到蓝色，然后到了春天，结出来的花粉黄得如同画家颜料罐里的亮彩，弥漫在整片林子里，浓郁，抢眼，就像变戏法时周围腾起的烟幕。很久以前，在远古时代，有些人为了让人相信他们具有神力，会在自己四周抛撒这种花粉，他们会去林子里采集花粉带回家，这是耍把戏时少不了的道具。

也许想象被封在一棵树里，你会很不舒服；你也许会想象，啊，成为一棵松树好痛苦。但松香味减轻了绝望的情绪，这有点像穿着一副盔甲，只不过比盔甲好多了，因为这盔甲的材料是历经漫长的岁月，在岁月的磨炼下生成的。

哦。

一个女孩。

她是谁？

她有点像那个人，那时候报纸上铺天盖地都是那人的照片，

她叫什么来着？

基勒，克里斯汀。

对，就是她。

也许再也没人认得她了，也许时至今日，当年的历史已

经成了脚注。说到这儿，他发现，她光着脚，在夏夜的灯光下，独自一人在那幢宏伟建筑的大厅里。他恰好知道，碰巧（历史，脚注），就是在那里，《统治吧！不列颠尼亚！》第一次被人唱响。她站在挂着绣帷的墙边，褪下身上的连衣裙。

裙子落到了地板上，他身上的松果都支了起来，他呻吟了一声，她什么都没有听到。

她从架子上摘下盔甲，拆成一片一片摆在地板上。她套上胸铠，围住她的胸部（十分迷人，传闻是真的），她把双臂从袖孔穿过去。那里没有甲片，就在她，啊，内裤的那个位置。她把手放到甲片中的那个空隙，就好像刚刚才意识到整副盔甲上身后，这道缺口会让她走光。

她扭动着身体摆脱了身上仅剩的那块遮羞布。

它落到了地板上。

他呻吟了一声。

她抬脚向边上一跨，任它留在地毯通道上。它就躺在那里，像一只去了骨的乌鸦。

她用一片腿铠套住一条大腿，接着另一片。她尖叫起来，骂了一声——也许是第二片腿铠里的卡口？她把腿铠在大腿后侧扎紧，然后光脚伸进第一只大靴子里，她把双臂插进金属臂铠，举起头盔套在头上，透过头盔正面的槽口四处张望，寻找那副金属手套，然后戴上一只，接着另一只。

她举起戴着金属手套的手把面罩往上一推，眼睛往外看。

她走过去，站到一面挂在墙上的巨大的旧镜子前。她的笑声从头盔里钻出来，又细又弱，她用金属手套磕下面罩。现在，唯一看得到的就是她的私处了。

然后，她就出发了，但走得很小心，这样绑得不太牢的部件就不会掉下来。她一路叮叮当当地穿过走廊，就好像这身盔甲根本没有看起来那么重。

她走到一扇门外，转身一推，门开了，她消失了。

她刚刚踏入的这个房间爆发出一阵刺耳的笑声。

笑声可以是富有的吗？

有权势的笑声和普通的笑声不一样吗？

那种笑声总是有权势的。

丹尼尔想，这有一首歌。

《克里斯汀之歌》。

富人，商人，打探的人，告密的人，藏起她，偷走她，皮小姐扒光她。

啊，不，那个虚构的皮（扒光）小姐①是后来出现的，隔了好几年才有的。

但也许皮小姐的皮至少在某种程度上是根据基勒的基起的，算是留给观众一点小小的联想。

此刻，他被挤在公众席上，以至于——现在是在哪里？

法庭。

中央刑事法院。

那个夏天。

基勒穿盔甲那一幕是他想象出来的，那是梦，但坊间传

_____

① 皮小姐，二十世纪六十年代英国电视剧里一个出色的女间谍。

闻确有此事。

下面将要发生的这一切，是他亲眼目睹的。

先是基勒对沃德，她的朋友，整骨医生史蒂芬，肖像画家。没有盔甲，但她武装着盔甲，金属片一样毫无生气，无法穿透，戴着面具。她妆容精致，面无表情，冷冷的，带着一丝异国情调。

她说起话来就像一个神思恍惚的人，把全场都带入了恍惚的境界。聪明，空洞，性感的机器人，洋娃娃。真是令人兴奋，公众席成了窥人阴私的场所。此刻，所有人都被勾了魂，除了她的朋友史蒂芬，他就在前面。他每天都会拿起铅笔，把自己看到的勾勒出来。

与此同时，几天过去了。

现在在证人席上的是另一个人，一个女人，另一个女人，里卡多小姐。老实说，她比可怜的基勒还要底层。很年轻，打扮得有点俗，一头红发打理过，盘得高高的。一个舞女。*我去见男人，然后他们会给我钱，我就这样赚钱。*

她刚刚对着法庭宣布，她一开始向警察提供的证词是假的。

旁听席上的人更加起劲地向前挤作一团。丑闻和谎言，妓女的行径。但丹尼尔看到的这个女人，其实还只是个孩子，她努力让自己挺得直直的，他看到她的脸、她的举止表现因为恐惧而有几分发青。

红色的头发。

青色（青涩）的女孩。

她说，*我不想让我妹妹进拘留所，不想失去我的宝宝，*

总督察说我要是不作证，他们就会把我的妹妹和宝宝带走，他还威胁说要把我哥哥抓起来，我相信他说的，于是我就作了证，但我已经想好了，我不想在中央刑事法院作伪证，我告诉了《人民报》，我希望大家都知道我为什么撒谎。

我的天哪。

她真是青涩。

控方律师有种猎狐犬的气质，他嘲笑她，他问她既然作的是伪证，那她究竟为什么要在那份供诉状上签字。

她告诉他，她希望警察放过她。

控方律师撕咬着她。为什么她之前从来没有投诉过？

她说，我该向谁去投诉？

那么，她是在蓄意欺骗？

她说，是的。

旁听席上的丹尼尔看到她的一只手，放在证人席栏杆上的那只手，长满了嫩芽，嫩芽绽开，叶子从她的手指上冒出来。

法官建议她别着急，用这一晚上时间好好斟酌一下她今天想要告诉法庭的这套说辞。

眼睛一眨。

第二天。

女孩又站在了证人席上。今天她几乎完全成了一棵小树，只有她的脸和头发没有长出叶子，她就像神话里被某位猎艳的神看中的女孩，神灵一心想要对她为所欲为，而她就在一夜之间脱胎换骨，重塑了自己，这样谁都不能占有她了。

那几个男人又在向她咆哮，他们很生气，她没有用谎言来掩饰自己的谎言，控方律师问她为什么要把自己撒谎的事告诉记者，而不是警方。他在暗示这是不正当的，一件不正当的事，像这种不正当的女人才会做这种事。

她说，我去向叫我撒谎的人坦白，这样做有什么意义？

法官叹了口气，他转向陪审团。

忽略这条证据，我要求你们完全不要去理会它。

丹尼尔看着白色的树皮升起来，遮住了她的嘴、她的鼻子和她的眼睛，心里在想这也有首歌。

《白桦树之歌》。

高高教堂，摇摇晃晃，诬蔑毁谤，扪心自问。

他自己直接从法庭去了那个心爱的女孩的家。

（他爱她，他几乎连默念她的名字都做不到，他深爱着她；但她不爱他。就在几星期前，她嫁给了别人。他可以说出她丈夫的名字，他叫克莱夫。

但是，他刚刚看到了神奇的一幕，不是吗？

他看到了改变事物本质的某种东西。）

他冒着雨站在后院，天很黑，他抬头望着房子的窗户。他的手上、小臂上，他的脸上，他的好衬衣和好西装上，都是从垃圾桶和围栏上蹭来的污渍。好像他还很年轻，还可以这样翻墙似的。

有一部很有名的短篇小说，詹姆斯·乔伊斯的《死者》，书里讲到了一名年轻男子在寒夜里伫立在他心爱的女人的屋后唱歌，然后这个年轻人思慕着这个女人，死了。他在雪地里得了风寒，就这样早早地死了。真是浪漫至极啊！

从此以后，故事里的女人一直被那个年轻人的歌纠缠着，这歌就像木蠹一样折磨得她千疮百孔。

嗯，丹尼尔可不是年轻人，这是一方面。这个女人，他确信自己爱她胜过爱以往任何一个女人，但他的爱得不到回馈，为伊消得人憔悴，到头来也不过是一场空，她比他小了整整二十岁，而且，对了，不久以前，还有这回事——她嫁给了克莱夫。

而且，还有另外一个问题，他唱不了歌，嗯，唱歌跑调。

但是，他可以喊一首歌出来，他可以把歌词喊出来，他的词，不是什么陈词。

而且，她认识他才十天就嫁给了他，克莱夫。有希望的，不能死心。

《一直对我说不的女孩之歌》。

放荡的小东西，聪明的，来见识她的聪明。

声音嘶哑的，得意扬扬的，野生燕麦（的），装饰音（的），错误引用（的），趣闻逸事（的），投票（的），毛皮大衣（的），衬裙（的），鱼雷艇（的）。

（糟透了。）

我是公山羊。

不要趾高气扬。

但是，没有一扇窗亮起来。他在雨中站了半个小时左右才承认屋里没有人，他站在院子里对着一幢空房子喊了一堆蹩脚的同韵词。

从客厅的天花板上挂下来的那架时髦的秋千会独自在黑

暗中慢悠悠地转来转去。

真是讽刺，他是个傻瓜。她甚至永远都不会知道他来过这里。她会吗？

（没错，她不知道。

然后，接下来发生的事，接下来发生了。历史是讽刺的代名词，它我行我素地搞着恶作剧的把戏，唱着恶作剧的小曲。在这个故事里，女孩才是那个早早死去的人。

千疮百孔，木蠹，身心俱穿。）

然后，那个困在树里床上的老头，丹尼尔，还是个孩子，他搭乘的火车正穿行在一片云杉树林深处。他又瘦又小，正值十六个夏天的年纪，但他觉得自己已经是个男人。又是夏天，他在欧洲大陆，他们都在欧洲大陆，欧洲大陆的局势有点动荡，眼看着要发生点什么事，事情已经来了，正在发生着，大家心知肚明，但大家都装作它没在发生。

火车上的人都能从他的穿着看出来他不是本地人，但他会说这里的语言，虽然这些陌生人都不知道他会，因为他们不知道他是谁，也不知道坐在他身边的妹妹是谁，他们对他们一无所知。

周围的人在谈论有必要开发一种合法的科学手段来精确测定谁是什么。

坐在他对面的男人对一个女人说，有一位学院里的教授，这位教授正在研究一种先进的工具，非常科学地记录特定的身体数据。

女人说，哦？

她点点头。

丹尼尔对面的男人说，鼻子、耳朵、中间的部位。

他在和那个女人调情。

测量身体各部位，尤其是头部的特征，能够简明扼要地提供你需要掌握的所有信息。眼睛的颜色，头发的颜色，额头的尺寸。以前也有人做过，但没有这么专业，没有这么精确。一开始，这是一项测量与核对的工作，但从长远来看，就显得稍微复杂些，要对收集的数据进行仔细审查。

男孩冲着他妹妹笑。

她一直都住在这里。

她正在认真地看她的书。他用胳膊肘碰碰她。她抬起头来。他眨眨眼。

对此，她了如指掌。她知道调情是一层透明的薄纱，她很清楚他们在说什么。她翻过一页，瞥了他一眼，然后，目光越过书沿扫了扫对面的人。

我听到他们说的了，但我会让这影响我继续看书吗？

她用英语对她哥哥说了这话，冲着他扮了个鬼脸，然后，又一头扎进了书里。

男孩丹尼尔离开座位去解手，在火车的走廊上，有个戴帽子、穿皮靴的男人挡住了去路，他的正面都是口袋和带子，双臂悠闲地向两侧伸展着，横在走廊上，堵住了去厕所和下一节车厢的通道。火车驶过云杉树林和农田，他也随着火车一起晃动，似乎是火车机械结构的一个运转部件。

那个人那么霸道地横在过道里，有点吓人，会不会不怀好意？

哦，会的。

哎，不就是懒嘛，肯定的。他对男孩微笑着，士兵小憩时的那种笑容。他抬起一条手臂，让男孩过去；丹尼尔过去的时候，士兵的手臂落下来，他的衬衣料子刚好刮到他头顶的头发。

士兵说，过吧。

火车上的男孩。

眼睛一眨。

床上的老头。

床上的老头被困着。

木头外衣

（的）。

把我住的这棵树砍倒，把它的树干掏空。

用你掏出来的内脏，将我重新塑造。

再把新的我填进那旧的树干。

烧了我，烧了树。把灰烬撒在你明年的庄稼地里，讨个吉利。

让我重生

把我和树一起烧掉

明年夏天的艳阳

隆冬的承诺

现在还是七月。伊丽莎白来到小镇中心她妈妈就医的诊所。她站在队伍里等，排到最前面的时候，她告诉接待员，她妈妈注册的全科医生就在这家诊所，她自己在这里没有注册过全科医生，但她感觉不舒服，想来咨询一下医生，也许没那么紧急，但的确感觉不太对劲。

接待员在电脑上查找伊丽莎白妈妈的信息。她告诉伊丽莎白，她妈妈不是注册在这家诊所。

伊丽莎白说，她是的，绝对是的。

接待员点开另一个文件，然后走到后面，打开文件柜的一个抽屉，从里面抽出一张纸，仔细看了看，又放回去，关上抽屉，然后，她回到前台，坐下来。

她告诉伊丽莎白，很遗憾，她妈妈已经不挂在这家诊所了。

伊丽莎白说，我妈妈绝对不知道这事，她以为自己是这里的病人。你们为什么要把她从名单上去掉？

接待员说这信息是保密的，她不可以向伊丽莎白透露除伊丽莎白本人以外其他任何病人的信息。

好吧。那我能注册一位医生吗？我很不舒服，我真的想找人看一下。

接待员问她有没有什么身份证件。

伊丽莎白把大学的借书证给接待员看。

她说，至少在我工作期间都是有效的。现在我们给这些大学的拨款，都要削减百分之十六。

接待员给了她一个耐心的微笑。（专门给病人的那种微笑。）

很抱歉，我们需要的证件必须得有目前的住址，最好上面还有照片。

伊丽莎白向她出示自己的护照。

接待员说，这本护照过期了。

伊丽莎白说，我知道，我正在更新。

接待员说，很抱歉，过期的证件不行。你有驾驶证吗？

伊丽莎白告诉接待员她不开车。

接待员说，水电费账单呢？

伊丽莎白说，什么？随身带着？现在？

接待员说，随身带一张水电费账单是很明智的做法，万一有人需要核实你的身份。

伊丽莎白说，那么那些在网上缴费的人怎么办？他们没有纸质账单啊。

接待员急切地看着桌子上左侧的电话，电话正在响。她盯着电话告诉伊丽莎白，简单，直接用一台标准的喷墨打印机就能把账单打印出来了。

伊丽莎白说她现在住在妈妈家里，离这里六十英里，而且妈妈家没有打印机。

接待员还真的是一副很生气的样子——伊丽莎白的妈妈竟然会没有打印机。她说起了医院的服务区域和病人注册的问题。伊丽莎白意识到她的意思是既然妈妈住在服务区以外，伊丽莎白就没资格待在这幢楼里。

伊丽莎白说，这也是很容易就能做到的事，伪造一张账单，打印出来，冒充个什么人。那些搞诈骗的人呢？怎么能一张打印出来的纸说你是谁你就是谁了？

她告诉接待员，有个自称安娜·帕夫洛娃的骗子，三年来，西敏寺银行会定期给他/她往自己住的地方寄对账单，即便她已经多次告知这家银行。她确定，至少十年间，没有一个叫安娜·帕夫洛娃的人在那里住过，因为她自己就在那里住了这么久。

伊丽莎白说，所以一张纸到底能证明什么？

接待员看着她，脸上像石化了一样，冷冷的。她请伊丽莎白等一下，她接起了电话。

她做了个手势，示意伊丽莎白在她接电话的时候退后回避；然后她又把手盖在听筒上，更明白地提出要求——请配合一下，我得尊重这位的隐私。

伊丽莎白后面排了几个人，都在等着挂号。

她只好改去邮局。

今天，邮局很空，几乎没什么人，除了自助秤前的队伍。伊丽莎白取了个号，39。看情形现在正在接待的是 28 号和 29 号，但柜台前根本没人，无论是邮局那边，还是顾客这边。

十分钟后，一个女人穿过后面的那道门走了出来。她喊30号和31号，没人应答；于是，她在电子屏上把30后面的几个数字依次切换下去，一边口中叫着号。

伊丽莎白走到柜台前，把装着护照的信封和照相亭拍的新照片交给那个女人。新照片上她的脸绝对合乎尺寸（她量过了）。她把收据给她看，证明自己在上周已经付了9.75英镑的预审费。

女人说，你打算什么时候出去？

伊丽莎白耸了耸肩，说，还没计划。

女人看着照片，说，很抱歉，有个问题。

伊丽莎白说，什么？

女人说，这绺头发不应该挂在脸上。

伊丽莎白说，是不在脸上啊，那是我的额头，都没有碰到脸。

女人说，必须完全捋到后面。

伊丽莎白说，如果我拍出来的照片，头发不在本来的位置，那这照片根本不可能像我。要一张实际上不像我的护照照片有什么意义？

女人说，我认为它碰到眼睛了。

她推开椅子，走到发放**旅行现金**的柜台，把照片给那边的一个男人看，男人和她一起走过来。

他说，你的照片可能有点问题，我同事觉得头发碰到脸了。

女人说，不管怎样，头发倒没什么，你的眼睛太小了。

伊丽莎白说，我的天。

男人回到自己的**旅行现金**柜台。女人把伊丽莎白的照片套在一个透明的塑料图表里推上去又移下来，图表上印满了方框，方框里标着各种记号和尺寸。

她说，你的眼睛不符合阴影部分的常规标准，这个没有对齐，这个应该在中间，你看得出来，这在你鼻子这一边。很抱歉，这些照片不符合规定。如果你去**快照快照**，而不是去照相亭——

上周我在这里见到的那个男人就是这么跟我说的。你们这家邮局是怎么回事？到底和**快照快照**有什么关系？有谁的兄弟在**快照快照**上班吗？

女人说，这么说已经有人向你建议过，要你去**快照快照**，但你还是没去。

伊丽莎白笑了起来，她忍不住。女人的表情十分严厉——她竟然没有去**快照快照**。

女人举起那张表，又给她看自己的脸，上面蒙着一个带阴影的框。

很抱歉，通不过。

伊丽莎白说，听着，把这些照片直接送到护照办去吧。我愿意冒这个险，我觉得没问题。

女人看起来很受伤。

伊丽莎白说，如果他们不认可，我会很快再回来找你，告诉你，你是对的，我不对，我的头发不对，我眼睛的位置也完全不对。

女人说，不，因为如果你今天通过预审程序提交过去，你在本邮局的申请也就到此为止了，申请一旦提交过去，有什么问题，到时候就是护照办来跟你交涉了。

伊丽莎白说，好的，谢谢你，送过去吧。我想碰碰运气。你帮我一个忙好吗？

女人露出了惊恐的表情。

你能向那位海鲜过敏的同事打个招呼吗？告诉他，那个脑袋尺寸不对的女人祝福他，希望他健康。

女人说，就这个特征？很抱歉，但是，任何人都有可能，几千号人。

她用圆珠笔在伊丽莎白的收据上写下：*顾客决定提交照片，后果自负。*

伊丽莎白站在邮局外，她感觉好了些。很凉爽，下着雨。

她要去二手书店买一本书。

然后，她要去看丹尼尔。

伊丽莎白的信息瞬间就进了电脑，然后接待员把扫描过的证件还给了她。

丹尼尔还睡着。护工正在拖地，今天换了个人。拖把擦过地面，嚓嚓作响，带着松油洗洁精的气味。

伊丽莎白很好奇这些护工会怎样。她发现自己在这里从来没碰到过一个护工不是来自其他国家的。那天早上，她听到广播里有位发言人在说，但这不只是说我们一直在口头上和实际上鼓励针对移民的与种族融合背道而驰的种种，而是我们一直在口头上和实际上鼓励我们自己不要融入社会。自从撒切尔教会我们要自私，不要只是想，要相信没有社会这种东西之后，我们就一直把这当成一件自律的事在这样做。

然后对话中的另一位发言人说，呵，你会这么说，醒醒吧，成熟一点，你的日子到头了，民主，你输了。

这就好像民主是一个瓶子，你能扬言把它砸碎，搞点破坏。这个时代已经变成了这样——大家在对彼此说话，但说出来的都构不成对话。

对话终结了。

她想知道这种改变是什么时候发生的，这样的局面在不知不觉中已经维持了多久。

她在丹尼尔身边坐下来。熟睡的苏格拉底。

她对着他熟睡的耳朵轻轻地说，今天过得怎么样，格卢克先生？

她掏出她的新/旧书，翻开第一页：*我要说一说那些转变成新形态的身体。天神啊，既然是你促成了这些变化，还有那所有其他的变化，请保佑我，传授我一曲长歌，从创世之初直到我身处的时代，种种一切，绵绵不绝，尽收其中。*

今天，丹尼尔看起来像个孩子，但长了一颗很老的头。

她看着熟睡的他，心里想着安娜·帕夫洛娃，不是那个舞蹈家，是那个骗子，在西敏寺银行用伊丽莎白家的地址注册账户的那个人。

什么样的骗子会给她自己——假定是个她——起个芭蕾舞演员的名字？她真以为西敏寺银行的工作人员不会调查叫这名字的人？还是说，如今的账户都是由机器开设的，机器不懂如何去量化这种东西？

话说回来，伊丽莎白又知道些什么？有可能这个名字不是那么罕见，也许全世界现在就有千千万万个安娜·帕夫洛娃，也许帕夫洛娃在俄语中相当于史密斯。

一个有修养的骗子，一个敏感的骗子，一个脚上闪着舞后的光芒、极富表现力、极具天分、传奇般的骗子，一个睡美人垂死的天鹅型的骗子。

她记得妈妈曾一度认为丹尼尔曾经是名芭蕾舞演员，也许是位很有名的舞蹈家上了年纪，因为他瘦巴巴的，轻盈灵活，颇有帕克的气质，当时八十几岁的他爬楼梯上阁楼比她四十几岁的妈妈还敏捷。

丹尼尔曾经说，你会怎么选？我该迎合她，告诉她猜对了，我刚从兰伯特舞蹈团退休？还是说，该把无趣的真相告诉她？

伊丽莎白说，一定得和她说假话。

丹尼尔说，但想想要是我这么做了，结果会怎么样。

伊丽莎白说，会很棒，会很有趣。

丹尼尔说，我来告诉你结果会怎样，听着，我和你都会知道我撒了谎，但你妈妈不会知道，我和你会知道你妈妈不知道的事，然后我们不论看你妈妈还是对方，都会和以前不同，这会破坏我们的关系，你不会再相信我，很对啊，因为我会撒谎。我们都会受到这个谎言的拖累。所以，你还是选芭蕾的说法吗？还是说，让我把无趣的真相告诉她？

伊丽莎白说，我要谎话，她知道那么多我不知道的事，我也想知道她不知道的事。

丹尼尔说，谎言的力量，总是会诱惑无能为力的人。但我是个退休的舞蹈演员又怎么能切实地帮到你，让你摆脱无能为力的感觉呢？

伊丽莎白说，你以前是舞蹈演员吗？

丹尼尔说，这是秘密，我永远都不会说出来，对谁都不说。无论给我多少钱，我都不说。

这是一九九八年三月的一个星期二。伊丽莎白十三岁。虽然妈妈跟她说过不可以去，她还是和丹尼尔在外面溜达。已是傍晚时分，天还亮着，近来天开始黑得晚了。

他们走过几家商店，然后来到举行夏季校际运动会和露天游园会的那片野地上，这里也是上演马戏的地方。伊丽莎白上次来的时候，马戏团刚撤走，她特地来看马戏团搭过帐篷的那块干干的平地。她喜欢做那种伤感的事。但现在你根本看不出这些夏季活动的痕迹，就只是片空空的场地。跑道已经褪色消失。人们围着各种骑乘设备，流连于各种驾驶和射击游戏的敞开式拖车间，那被踏平的草地，那曾被踩成泥泞的地方，那个幽灵马戏场：如今就只剩下草。

不知为什么，这和伤感又不一样，是另一码事，和伤感怀旧一点都扯不上关系。事情刚刚就那样发生了，然后就结束了，时间就那样过去了。一方面，这样想有点让人不舒服，甚至有点粗暴；另一方面，又觉得很好，是种解脱。

这片野地过去，还有另一片野地，然后再过去就是河了。

伊丽莎白说，一直走到河边是不是有点太远了？

如果他真有妈妈说的那么老，她不想让他硬着头皮走这么远。

他说，对我来说不远，巴格代拉。

她说，什么？

他说，小事，不是那种小事，是算不上什么，微不足道的意思。

她说，我们走到那边再走回来，一路上该做点什么？

他说，我们来玩巴格代拉吧。

她说，巴格代拉真的是种游戏？还是你临时编出来的？

他说，我承认，对我来说，这也是一种新游戏。想玩玩吗？

她说，看看吧。

他说，我们这样来玩，我告诉你故事的第一句——

她说，好。

——然后你来告诉我当你听到第一句后，脑袋里想到的故事。

她说，就像一个已经有的故事？比如《金发姑娘和三只熊》？

他说，那些可怜的熊，那个缺德的无礼的搞破坏的丫头，自说自话就进了它们的家，打坏了它们的家具，吃了它们的食物，还把她的名字喷涂在它们卧室的墙上。

她说，她没有把名字喷在墙上，故事里没有这个。

他说，谁说的？

她说，这个故事很早以前就有了，可能早在喷漆出现之前就有了。

他说，谁说的？谁说这不是现在发生的故事？

她说，我说的。

他说，那好，那你玩巴格代拉会输的，因为巴格代拉的关键就是你不要把那些人们以为板上钉钉的故事当回事，不是，不是那种小事——

她说，我知道，哎呀，不要小看我。

他说，小看你？我吗？嗨，你想要恶搞一个什么样的故事？你可以自己来选。

他们已经走到了河边的一条长凳旁，那两块地被远远地甩在身后。这是第一次，伊丽莎白没觉得走过这两块地走了老半天。

她说，有什么可以选？

他说，什么都可以。

她说，比如真话还是谎话？那种选择？

他说，有点对立的味道，但是如果你要这么选的话，也可以。

她说，我能在战争与和平之间进行选择吗？

（每天的新闻里都有战争，有围攻，有裹着尸体的袋子的画面。伊丽莎白在词典里查大屠杀这个词，想看看它到底是什么意思。意思是特别暴力残酷地杀害很多人。）

他说，你真幸运，在这个问题上还有选择的余地。

她说，我选战争。

他说，你确定想要战争吗？

她说，*你确定想要战争吗*是故事的第一句吗？

他说，可以啊，如果你要这样的话。

她说，角色呢？

他说，你编一个，我编一个。

她说，一个带枪的男人。

他说，好，我选一个扮成树的人。

她说，什么？不行，你应该说另一个男人带着另一把枪，类似这样的。

他说，为什么？

她说，因为这是战争啊。

他说，这个故事我也有份，我选择一个穿着树皮装的人。

她说，为什么？

他说，独创性。

她说，独创性不会让你的角色赢这场比赛的，我的角色可带着枪呢。

他说，那可不是你的全部，你要负责的也不止那一个，你还有一个能装成树的人。

她说，子弹可比树皮快多了，也厉害多了，它会把树皮打穿打烂的。

他说，你要编的就是那样一个世界？

她说，没有必要编一个世界，本来就已经有一个真实的世界了，就只有这个世界，这个世界的真相。

他说，你是说，有真相，也有我们被灌输的关于这个世界的编出来的那套说法。

她说，不，世界是存在的，故事是编出来的。

他说，可这也不影响啊，还是那么回事啊。

她说，这话真是荒唐透顶。

他说，故事里的角色也组成了世界，所以要保持开放的心态，欢迎人们进入你的故事。这是我的建议。

她说，编故事又怎么去欢迎人们？

他说，我的建议是，你在讲故事的时候，在没把握的情况下，暂且先相信你的故事角色，给予这样的福利，就像轮到你自己，你也会希望别人这么对你。

她说，就像领救济金那样的福利？就像失业救济？

姑且信之这样必要的福利，总是给他们一个选择的机会，即使是像那样的角色，在他（她）与持枪的男人之间只隔着一层树皮装，我的意思是那些看似根本没有选择机会的人，永远给他们一个家。

她说，凭什么？你也没给金发姑娘一个家啊。

他说，我有阻止她带着喷漆罐进那房子吗？

她说，那是因为你根本阻止不了，因为这已经是故事的一部分了，每次讲故事的时候，她都是这么做的——她走进熊的家。她必须进去，不然就没有故事了，对不对？除了带着喷漆罐的那部分，那是你编出来的，是假的。

他说，我的喷漆罐比故事里的其他部分来得更假吗？

她说，是的。

然后，她想了想。

啊！我的意思是，不是的。

他说，如果我是讲故事的人，我会随心所欲地讲，所以就这样了。如果你是——

她说，这样的话，我们又怎么知道什么是真的？

他说，你这算说到点子上了。

她说，如果，嗯，如果金发姑娘那样做是因为她别无选择呢？如果她是因为粥太烫了，很不高兴，所以才会拿着喷漆罐发疯呢？如果冷粥总是会让她想到过去发生的事而感到难过呢？如果她曾经经历过什么可怕的事，这粥让她回忆起来，所以她才会不高兴，才会把椅子给砸了，把床铺都弄乱呢？

他说，或者说，她就只是个搞破坏的人，跑到一个地方，乱涂一气，就因为我这个故事的主人决定了所有的金发姑娘都是这样的，如果是这样呢？

她说，我个人会给她姑且信之这样的福利。

他说，那现在你算是准备好了。

准备好做什么？

准备好照这样开始巴格代拉啊。

这是一组延时摄影镜头：成千上万朵花儿绽放，成千上万朵花儿垂下，闭合，成千上万朵新的花儿绽放，成千上万枝嫩芽变成树叶，然后树叶飘零，腐烂，化土，成千上万条细枝分裂出成千上万新的嫩芽。

伊丽莎白坐在莫廷斯疗养院丹尼尔的房间里，时隔将近二十年的光阴，她已经完全不记得上节中描述的那一天、那次散步和那场对话的情形了，但保存在这里的这个故事是丹尼尔实际讲述的，从人脑细胞的存储区原封不动地抢救出来的，但我们所经历的事件的维度则被完整地封存在那里（包括那个三月的夜晚较为和煦的空气、空气中弥漫着的新季节的气息、远处车流的噪音以及她对时间、空间和自己在时空中的存在的种种其他感受和认知）。

伊丽莎白说，我可不愿意编个故事，放个穿树皮装的家伙在里面，因为没有一个脑子正常的人能把这样的故事讲好。

丹尼尔说，这对我正常的脑子是种挑战喽？

伊丽莎白说，毫无疑问。

丹尼尔说，那好吧，我正常的脑子要接受你的挑战。

扮成树的人说，你确定想要战争吗？

扮成树的人站在那里，树枝向上支着，像人举着双手的样子。持枪的男人拿枪对着扮成树的人。

持枪的男人说，你是在威胁我吗？

扮成树的人说，不，拿着枪的人是你。

持枪的男人说，我是个随和的人，我不想惹麻烦，所以我才带着枪，并不是说我对你这样的人有什么成见。

扮成树的人说，你这话是什么意思，我这样的人？

持枪的男人说，我的意思是，穿着愚蠢的童话剧里的树皮戏服的人。

扮成树的人说，为什么？

持枪的男人说，你想想，如果人人都开始穿上这种树皮戏服，就会像生活在树林里一样。我们可不是生活在树林里。这个小镇在我出生前早就已经是个小镇了，一直以来都是，如果这个地方对于我的父母、我的祖父母和我的曾祖父母来说都足够好的话。

扮成树的人说，那你自己的戏服呢？

（持枪的男人穿着牛仔裤和 T 恤，戴着棒球帽。）

男人说，这不是戏服，这是我的衣服。

扮成树的人说，好吧，那这就是*我的*衣服，但我可没有说你的衣服愚蠢。

持枪的男人说，是啊，因为你不敢。

他挥了挥枪。

不管怎样，你穿的都很蠢，正常人是不会穿着树皮戏服四处晃的，至少在这里不会这样，天知道在其他地方会怎么样，好吧，随便他们。但是如果让你得逞了，你就会把我们的孩子扮成树，把我们的女人扮成树，所以必须把这种苗头扼杀在萌芽状态。

持枪的男人举起枪来对准扮成树的人。扮成树的人在厚厚的棉层里严阵以待，画在戏服底部的那些小草叶围着画出来的树根颤抖着。男人盯住枪的准星，然后放下枪，笑了起来。

你瞧，有趣的是，我刚刚想到在战争片里，当他们要处决人的时候，会让人靠着树或者柱子站着，所以我开枪打你，有点像没有在朝任何人开枪。

他把枪凑到眼前，瞄准那棵树树干上的一点，他判断这身戏服里的那个人的心脏大概会在这个位置。

丹尼尔说，好了，我的部分结束了。

伊丽莎白说，你不能就这样结束啊！格卢克先生！

丹尼尔说，不能吗？

在那间单调的房间里，伊丽莎白坐在丹尼尔身边，捧着书，读着书中讲述的变形故事。在他们的周围，肉眼看不见，但四仰八叉遍及宇宙的，是被枪杀的童话剧里的角色。埃德娜夫人死了，丑陋的姐姐死了，灰姑娘、神仙教母、阿拉丁、穿靴子的猫、狄克·惠廷顿都被撂倒了，一批被收割的童话剧庄稼，一场童话剧大屠杀，一场喜剧的悲剧，死了，死了，死了。

只有扮成树的人还站在那里。

但正当持枪的男人准备开枪之时，扮成树的人在他眼前摇身一变，化作了一棵真的树，一棵大树，一棵美丽的金色白蜡树，高高地挺立着，迷人的树叶轻摇曼舞。

不管持枪的男人怎么发狠开枪，他都没法用子弹消灭它。

于是，他就用脚踢那厚厚的树干。他决定去买除草剂，把它泼在树根上，或者火柴和汽油也行，把它烧死。他转身要走，但就在这时候被童话剧里的半匹马①踢中了脑袋。他忘了把它打死了。

他倒在了地上，自己也死了。他的身下是倒下的童话剧里的角色。这是一幕超现实主义的地狱景象。

什么是超现实主义，格卢克先生？

就是这样。他们躺在那里。下雨了，刮风了，季节变迁了。枪生锈了。鲜艳的戏服暗淡了，腐烂了。附近所有的树掉下来的叶子落在他们身上，堆积起来，把他们盖住。野草在他们身旁滋生，然后开始从身体里长出来，穿过他们，穿过肋骨和眼窝，然后草丛中绽开了花朵。当戏服和烂得掉的东西都烂光或被钟爱这些养分的生物啃食干净之后，无论是童话剧里的无辜者还是持枪的男人，都没了，什么都没剩下，就只有草丛里的骨头、花丛中的骨头和上方那繁茂的白蜡树枝叶。这就是最后到头，我们所有人的结局，不管我们在的时候手里有没有枪。所以，我们在的时候，我的意思是，我们还在的时候。

丹尼尔坐在长凳上，眼睛闭了一会儿，这一会儿变长

---

① 童话剧里的马由两人共穿一件特制戏服扮演。

了，从一会儿变成了好一会儿。

伊丽莎白说，格卢克先生，格卢克先生？

她轻轻地碰了碰他的胳膊肘。

啊，噢，我刚才，我刚才——我刚才怎么了？

伊丽莎白说，你刚才说，我们在的时候，你说了两遍，我们在的时候，然后你就不说话了。

丹尼尔说，是吗？我们在的时候，嗯，我们在的时候，让我们永远都对说这话的人抱有希望。

伊丽莎白说，什么话，格卢克先生？

丹尼尔说，你确定想要战争吗？

伊丽莎白的妈妈这周开心多了。谢天谢地！这是因为她收到了一封邮件，通知她被选中上《金木槌》这个电视节目，在这个节目中，大众选手要同名人和古玩专家比拼，到古玩店搜罗各种玩意，在固定的预算内，争取买到最后能在拍卖中筹得最多钱的东西。这就好像天使加百利来到了她妈妈的门前，跪地俯首，告诉她：在一爿堆满了旧货的商店里，在成千上万件被遗弃的、残缺不全的、过时的、变了色的、被转卖的、早就消失的、被遗忘的东西中，有那么一件，人们不知道它有多珍贵，而我们相信能把这件宝贝从时间和历史的糟粕下发掘出来的人就是你。

伊丽莎白坐在餐桌边，妈妈在给她播其中一集《金木槌》，给她看他们想要的是什么。同时，她在想着自己过来这一路上的经历，主要是那对在车站排队等出租车的西班牙夫妇。

显然他们刚到这里，是来度假的，行李就在脚边。排在他们后面的人冲着他们喊，喊的是滚回家去。

他们喊道，这里不是欧洲，滚回欧洲去。

排在这两个西班牙人前面的人很好，他们让西班牙人搭下一辆出租车先走，想以此来息事宁人，但伊丽莎白仍然感觉到那一次偶然事件极有限地展示了某种势如火山的东西。

她想，这种感觉就是丢脸。

同时，屏幕上还是晚春，过去遗留下来的旧货是值钱的东西。人们开着古董车到处跑，时不时在路边停下来，看着引擎盖里冒出来的烟发愁。

伊丽莎白想找些话来和妈妈聊聊《金木槌》。

她说，我很好奇你会上一辆什么型号的老爷车。

妈妈说，不会的，素人是不能上这种车的，只有名人和专家才可以。他们到的时候，我们已经在店里等着他们了。

伊丽莎白说，为什么你不能上车？这太不像话了。

妈妈说，让谁都不认识的人开着老爷车到处跑，把镜头浪费在这上面是毫无意义的。

伊丽莎白注意到在《金木槌》的镜头中，长在乡间道路两侧的那些峨参真是美极了。妈妈说，现在放的这集是去年在牛津郡和格洛斯特郡拍的。名人们四处游荡着，路边姿态庄严的峨参噙着毒。伊丽莎白不知道这些人是谁，也不知道他们为什么是名人。其中一个唱着二十世纪七十年代的流行歌曲，说着想当年他有一辆金色的达特桑。另一个很亲切地聊着她在《奥利弗》中当临时演员的经历。古董车拖着尾气在英格兰游窜；车窗外闪过的峨参，高高的，沾着雨珠，强健，葱翠。伊丽莎白在想，它们是陪衬，但这种陪衬却是深刻的宣言。峨参有自己的语言，这个节目中的嘉宾和工作人员都不知道，也没注意到它们正在说着这种语言。

伊丽莎白掏出手机，做了个笔记。这也许可以在课上讲讲。

然后她想起来也许很快自己就要失业了，没课讲了。

她把手机正面朝下放在餐桌上。她想到自己教的这批学生这个星期就要毕业了，欠了一身的债，而现在，迎来的未来却只是别人的过去。

电视节目中，那些车在郊外的一间仓库外停了下来。车上的人纷纷下车。在仓库门口，名人和专家见到了两个普通人，他们穿着一样的运动服，表明他们是普通人，素人。大家握了握手，然后名人、专家和素人，各自绕着仓库朝不同的方向出发。

其中一名素人选手花 30 英镑买了一个旧钱箱或被店主称作古董收银机的玩意。它已经不能用了，但那个素人说，密密麻麻点缀在弧形箱子上的那些亮白和鲜红的按钮，让她想起二十世纪六十年代她祖父当电影院门卫那会儿穿的那件军大衣。镜头切换到一位名人，这位名人刚发现了一组按真实比例打造的狗和孩子造型的慈善募捐箱。这些箱子一起立在仓库门口，像是一批来自过去的模范村民，这批模范村民又像是从一个过去与未来发生碰撞的科幻场景中走出来的。这些箱子过去是摆在商店外的，让人们在进出时投放零钱。一个亮粉色的女孩，抱着泰迪熊；一个看起来土里土气的男孩，大部分漆成了棕色，手里拿的好像是一只旧袜子；一个鲜红色的女孩，胸口刻着谢谢两个字，一条腿上安着支架；一条西班牙猎犬和两只小狗，玻璃眼珠透着哀求的神情，脖子上套着小盒子，盒子上有投币孔，头顶也有投币孔。

一位专家很兴奋。她对着摄像机解释，那个穿棕色衣服的男孩捐款箱，巴纳多机构的男孩，是这一组中最经典的。她指出男孩脚下的基座上的排版式样是二十世纪六十年代之前的风格，基座上的那句话——请施舍一点，让他活下去——本身是另外一个时期的遗迹。然后，她冲着摄像机点点头，眨眨眼，说如果是她，她还是会选猎犬，因为做成狗狗造型的东西在拍卖时总是很抢手，而这个穿着棕色衣服的男孩好是好，但不太可能会受到赏识，除非拿到网上拍卖。

妈妈说，他们没说的是——或许他们没说是因为他们不知道——出现这些募捐箱是因为在上个世纪初，那些真的狗在诸如火车站那种地方跑来跑去，脖子上挂个盒子，让人们往里面塞硬币，为慈善募捐。

伊丽莎白说，啊。

妈妈说，那些狗狗造型的募捐箱，就像上面那只，是根据那些活的狗做的，而且，它们死了之后，有时候标本师会在里面填上东西，然后，它们又会被放回火车站或生前服役的其他场所。所以，你去火车站，看到的会是尼普、雷克斯或者鲍勃，已经死了，里面填了料，但脖子上还挂着盒子。我肯定，这就是狗造型的募捐箱的由来。

伊丽莎白有点不安，她意识到这是因为她喜欢把妈妈当成一个没什么见识的人。

这时候，屏幕上的选手们从门口蜂拥而出。一套杯面印着亚伯拉罕·林肯的财政政策的马克杯让他们兴奋不已。围着仓库的那片绿色荒地上，有一只蝴蝶，在主持人的脑袋后面，这只小小的白蝴蝶飘飘摇摇地在花朵间振翅翻飞。

一位名人说，而且还保存得很好。

妈妈说，霍恩西，一九七四年，收藏爱好者的梦想。

买下这套杯子的专家说，七十年代中期，约克郡，很清晰，总统系列印的霍恩西底款，白头鹰图案。霍恩西是战后一九四九年创建的，十五年前进入破产管理，在七十年代发展得很好。最重要的是，七只这样在一起，真是难得一见。收藏爱好者的梦想。

妈妈说，瞧见没？

伊丽莎白说，是的，但你已经看过这集了，所以你知道它们的来历这也没什么了不起。

妈妈说，我知道，我的意思是我在了解，我是说我现在知道那是什么东西了。

我想说我在拍卖时最担心的就是这批人。这是第一位专家的画外音。节目中出现的画面是破损的募捐箱，一个素人正晃着腿上装支架的那个红色的女孩，想看看里面是不是还有钱。

伊丽莎白说，我看不下去了。

妈妈说，为什么？

伊丽莎白说，我是说我已经看够了，我已经看了很多了。谢谢。你要上这个节目真的非常非常令人激动。

妈妈把笔记本电脑拿了过去，她要给伊丽莎白看自己会在节目中碰到的其中一位名人。

屏幕上出现了一个六十几岁的女人的照片。妈妈挥了挥手中的电脑。

看！神奇吧？

伊丽莎白说，我根本不知道这是谁。

妈妈说，这是约翰尼！《电话亭孩子》里的！

看来这个六十几岁的女人是伊丽莎白的妈妈童年时期的电视演员。

我真不敢相信，我不敢相信我就要见到约翰尼了。真希望你外婆还活着。真希望我能告诉她这个消息。真希望我能告诉十岁的自己。我十岁的自己会兴奋得要死。不单单是见她，还要一起上节目，和约翰尼一起。

妈妈把电脑转向她，屏幕上是 YouTube 的页面。

看到没？

一个十四岁左右的女孩，穿着格子衬衫，扎着马尾辫，在一个布置成伦敦大街的电视演播厅里表演一套舞蹈动作。和她一起表演的舞蹈演员扮成电话亭的样子，这样看起来就像是一个公用电话亭在和这个女孩跳舞。就舞蹈演员而言，这个电话亭是相当僵硬的，女孩也让自己显得很僵硬，学着电话亭的样子。女孩活泼，热情，招人喜欢，电话亭道具装里的演员跳得很像个电话亭。路上的一切都停了下来，大家都在看着他们跳舞。然后从电话亭门口伸出来一个听筒，立在花线一端，就像被耍蛇人控制的一条蛇。女孩抓住它，贴到耳边，说了声：喂？舞蹈就这样结束了。

妈妈说，我其实记得看过这一段，在我们的客厅里，当时我还很小。

伊丽莎白说，天哪。

妈妈又在从头看。伊丽莎白快速浏览着手机上当天的报纸，想了解在刚刚过去的半小时里通常会发生的大事。她点开一篇题为《看着我的眼睛：**脱离欧盟**组织咨询电视催眠师》的文章，往下滚动屏幕，扫了一眼里面的内容。影响他人的能力。我能让你快乐。意识催眠胃束带。帮助制作社会化媒体广告。<u>你忧虑吗？你担心吗？是时候了吗？</u>沉迷于电视节目同样是被催眠。事实行不通。在情感上与人们产生共鸣。特朗普。妈妈又在从头播放四十年前的那段舞蹈，欢快的音乐又响起来。

伊丽莎白关了手机，去门厅拿外套。

她说，我出去一会儿。

妈妈仍旧对着屏幕，点点头，挥挥手，没有看她；眼睛亮晶晶的，也许是泪光。

但今天真是个好天。

伊丽莎白走在村子里，心里想着既然狗造型的募捐箱是根据真的狗复制的，那么孩子造型的募捐箱是不是借助圆规照着真的乞丐，小乞丐，小叫花子依样画葫芦做出来的，脖子上再挂上个盒子，然后，她又想到是不是曾经酝酿过要把真的小孩做成标本放在车站里。

她路过那幢涂着**滚回家去**几个大字的房子。那几个字还在，但她看到有人在下面用各种鲜艳的颜色添了一行字：**我们已经回到家了谢谢**。旁边画着一棵树，底下还有一排鲜红的花。屋外的人行道上也有花，很多真花，用玻璃纸和纸包着，看起来就像不久前在那里刚发生了一场事故。

她把画的树和花拍了下来，然后穿过足球场，走出村子，来到野地上，心里想着峨参和那些画出来的花。她想到了保利·博蒂的那幅画，那幅《致我爱的让-保罗·贝尔蒙多》。不管她保不保得住工作，这里面也许有点名堂，将颜色当作语言来运用，颜色的自然运用偕同美学上的运用，在灰暗的时期，画在那幢房子正面的洒脱明快鲜艳的色彩，同时还有比如像博蒂的那幅画的表现：二维的人物自身顶着一头性感的颜色，周围是橙色、绿色和红色，纯得像是直接从颜料管里挤出来，就抹在了画布上，而且，不仅通过颜色，还通过抽象的花瓣，罩在贝尔蒙多头顶帽子上的那团像生殖器一样的深色玫瑰，似乎在充分提升他凸显他的同时又在充分地压制他。

那些峨参，那些画出来的花，博蒂在给形象再造形象时运用的不掺杂其他颜色的纯红，都放到一起，你想到了什么？有啥有用的东西吗？

她停下来，在手机上记下：*纵情与存在*。

这是很长一段时间以来，她第一次感觉终于像自己了。

平静遇上能量/

人工遇上自然/

电能/

天生的通电电线，精力充沛/

她抬起眼，发现前面仅仅几码开外就是横穿公地的围栏，另一种通电电线。

围栏比她上次见到的多了一倍。除非是眼睛在欺骗她，现在不只是一道，而是有两道平行的围栏。

真的。在第一道围栏的另一边，相距大约十英尺，隔着一块平整过的地，是一道一模一样的铁网围栏，上面也装着看起来多余得令人反感的铁丝网，这道围栏也通着电。当她沿着两道围栏走的时候，宝石形状的金属丝网就在她的眼睛边频闪，有点像癫痫发作的感觉。

伊丽莎白用手机给它拍了张照片，然后又对着一根金属柱子周围的杂草拍了一两张照片，杂草已经从那翻搅过的泥里又冒了出来。

她环顾四下，处处可见花草回归。

她顺着围栏走了大约半英里，一辆黑色的 SUV 沿着两道围栏中间的那块平地赶了上来。车超过她，在她前面停下，熄火。当她走到车边的时候，车窗滑下来，一个男人探出头来。她点头向他问好。

她说，天气真好。

他说，你不可以在这里走。

她说，我可以。

她又冲他点点头，笑了笑，还是一直往前走。她听到车子在她身后又发动起来。车子开到旁边时，慢下来，跟着她的步速往前爬。那人从窗口探出头来。

他说，这是私有土地。

她说，不是的，这是公地，公地的意思就是说不是私有的。

她停下脚步；车子超了过去，那人往回倒车。

他边倒车边朝车窗外吼，回到路上去。你的车停在哪里？你得回到你停车的地方去。

她说，我做不到。

他说，为什么？

她说，我没车。

她又继续往前走。那人踩下油门，超了上去，在她前面几码的地方停了下来，熄了火，打开车门，在车边站着，等她走过去。

他说，你这是违反规定的。

她说，什么规定？不管你说什么，我是不会离开的。嗯，从这里看过去，你像是在监狱里。

他揭开上衣口袋，掏出一只手机。他举起手机，像是要对着她拍照或录像。

她指着围栏柱上的摄像头，说，你们拍得还不够吗？

他说，除非你马上离开，不然会有警卫人员来强制执行。

她说，这么说，你不是警卫喽？

她指着他掏出手机的那个口袋上的标志——SA$_4$A，说，这是不是 safer① 这个词的变形，或者说，更像 sofa②？

这个 SA$_4$A 男开始在他的手机上打字。

他说，这是第三次警告，现在是最后一次警告你，除非你马上离开，不然就要对你采取行动了，你这是在非法擅闯。

她说，相对于合法擅闯吗？

——我下次经过这里的时候，如果你还在这边界附近的话——

她说，什么的边界？

---

① safer 的意思是更安全。
② sofa 的意思是沙发。

她朝着那片围起来的地看过去，能看到的只有自然景观，没有人，没有建筑，只有围栏，然后就是自然景观。

——你会被起诉，可能会被扣押起来，你的个人信息和DNA就会被采集并收录进系统。

树的监狱，金雀花、苍蝇、菜粉蝶、小蓝蝶的监狱，蛎鹬的囚禁地。

她说，装这些围栏到底是为了什么？还是说，你不可以告诉我？

男人怔怔地看着她，然后在手机上输入了些东西，他举起手机，对着她拍照；她亲切地微笑着，就像拍照时通常会做的那种表情，然后，她转过身，又继续沿着围栏往前走。她听到他打了个电话，和对方讲了几句，然后上了他的SUV，在两道围栏中间把车一路倒回去。她听到车子朝着相反的方向远去。

荨麻什么都没说。草茎上的种子什么都没说。点在茎端的那些小白花，她叫不出名来，这些新绽放的花儿也什么都没说。

金凤花喜洋洋地沉默着。金雀花出乎意料地沉默着，明黄色的花朵柔滑娇嫩，衬着绿色的钩状茎须，一起沉默着。

上学的时候，有个男孩子，总是一根筋地想把伊丽莎白逗乐。当时她十六岁。（他一根筋地只想让她也哈哈大笑。）他很酷，她喜欢他。他叫马克·约瑟夫，是乐队的贝斯手，这个乐队惯以不拘一格的风格翻唱九十年代初期的一些老歌。除此之外，他还是个电脑天才，比其他人都懂得多，当时大多数人连搜索引擎是什么都不知道，所有人都相信千禧新年全世界所有的计算机都会崩溃。对此，马克·约瑟夫开了个很有趣的玩笑，把它挂到了网上——学校所在的那条街上的一家兽医诊所的照片，下面标注着：**点击此处，抵御千年犬**①。

现在，她在学校里走到哪里，他就跟到哪里，想着法子逗她笑。

他在学校后门吻了她，感觉不错。

三个星期后，他问她，你为什么不爱我？

伊丽莎白说，我已经爱上别人了，不可能再爱上第二

---

① 计算机 2000 年问题即千年虫问题 Millennium Bug，此处将 Bug（虫/电脑故障）替换成了 Pug（哈巴狗）。

个人。

十八岁的时候，她和大学里一个叫马里耶勒·锡米的女孩在她住所门厅的地板上打滚。两人都嗑了药，正飘飘欲仙地取笑着那些伴唱歌手在一些歌里的滑稽唱词。马里耶勒·锡米给她放了一首老歌，伴唱歌手在里面唱了八遍拟声词这个词。她给马里耶勒·锡米放了一首克里夫·理查德的歌，伴唱歌手唱的是羊。她们笑得眼泪都出来了，然后马里耶勒·锡米这个法国妞一把搂住伊丽莎白吻了她。感觉不错。

几个月后，马里耶勒·锡米说，为什么？我真不明白，我搞不懂，明明感觉这么好。

伊丽莎白说，我只是不能骗你，我喜欢和你做爱，我喜欢和你在一起。这感觉很好。但我得说实话，这个我不能骗你。

马里耶勒说，那人是谁？前任？他还在你身边？你还在见他？还是说，是个她？是个女人吗？你和我在一起的时候还和她（他）保持着关系吗？

伊丽莎白说，不是那种关系，根本不是肉体上的关系，从来都不是，但那是爱，我不能假装不是。

马里耶勒说，你找这么个借口，是不想承认现实，是要把你自己与你的真实感受隔绝开来，不让自己去感受。

伊丽莎白耸了耸肩。

她说，我感受得很充分。

二十一岁的伊丽莎白在毕业典礼上遇到了汤姆·麦克法兰。她（上午）毕业于艺术史专业，他（下午）毕业于商科。汤姆和伊丽莎白在一起交往了六年，他搬进她租的公寓同居也已经占了这六年里的五年。他们正在考虑要让关系永久化，正在讨论结婚和贷款买房的事。

一天早上，汤姆正往餐桌上摆着早餐，突然冒出来一句话：

谁是丹尼尔？

她说，丹尼尔？

他又说，丹尼尔。

她说，你是说格卢克先生？

他说，我不知道。谁是格卢克先生？

她说，我妈妈家的老邻居，我小时候，他就住在隔壁。我已经很多年没见过他了，真的是很多年。怎么了？发生什么事了吗？我妈妈来电话了？丹尼尔出事了？

他说，你睡着的时候叫了他的名字。

她说，是吗？什么时候？

他说，昨天晚上，这已经不是第一次了，你经常在梦里叫这个名字。

伊丽莎白十四岁。她和丹尼尔一起走在这个运河与乡村会合的地方。小路绵延而去，攀上山坡，钻进高低起伏的山体上的那片林子里。天突然就冷了下来，尽管还只是初秋。他们走到山顶的时候，她能看到雨正扑过来，雨拂过大地，就像有人拿着铅笔在天空上刷。

丹尼尔喘不过气来，他通常不会这样喘不过气来。

她说，我不喜欢送走夏天迎来秋天的感觉。

丹尼尔抓住她的肩膀，把她转过去。他什么都没有说，但他们身后山脚下的那片大地，还是阳光明媚，蔚蓝与葱绿交相辉映。

她抬头看着他向她展示夏天还在。

没人像丹尼尔这样说话。

没人像丹尼尔这样不说话。

这是一个冬天快要结束的时候，这是二〇〇二年底二〇〇三年初的那个冬天。伊丽莎白十八岁。正值二月。她到伦敦参加抗议游行——**别以她的名义**。全国各地，人们都这样做了；全世界，还有几百万人也都这样做了。

　　游行过后的那个星期一，她在城里四处游荡。走在街道上，有种奇怪的感觉——在这里，生活还是照旧，车辆和行人还是像往常那样来来往往，但就在前天，因为某种关乎真相的东西，就在她走过的这条路线上，人潮霸占了整条整条的街道，车辆无影无踪，唯见两百万双脚踏过人行道，气冲云霄。

　　就在这个星期一，她在查令十字街的一家艺术品商店淘到了一本旧的红色精装目录，很便宜，3英镑，就在降价书架里。

　　这是几年前一场展览的目录。保利·博蒂，二十世纪六十年代的波普艺术画家。

　　保利谁？

　　英国的波普艺术女画家？

真的？

这对伊丽莎白来说很有意思。她在大学里修的其中一门课就是艺术史，一直和她的导师意见不合。导师告诉她，绝对没有出现过什么所谓的英国波普艺术女画家，在这方面，从来就没有什么值得一提的人物，所以在英国的波普艺术史上，也没有什么人留下大名，最多只是作为脚注备注一下。

这位艺术家创作过拼贴画，画过画，制作过彩色玻璃制品和舞台场景。她的人生经历很丰富，她不只是位画家，还是舞台剧和电视剧演员，她曾经充当过鲍勃·迪伦在伦敦的监护人，那时候，还没人知道鲍勃·迪伦，她还上过广播节目，向听众讲述在当时那个年代作为一名年轻女性的处境，她还差点上了一部电影，后来那个角色归了朱莉·克里斯蒂。

她在摇摆伦敦有着大好前程，然后，只活到二十八岁就死了，死于癌症。她因为怀孕去找医生，结果被查出了癌症，她不肯堕胎，这意味着她不能接受放射治疗，那会伤到孩子，她生下了孩子，四个月后，她就死了。

恶性胸腺瘤——目录后面**生平历程**下面列的那一串，其中就写着这几个字。

这是个令人唏嘘的故事，一点都不像她的画，妙趣横生，令人愉悦，满眼都是令人意外的色彩和反差。伊丽莎白翻着目录，意识到自己看得嘴角上扬。画家的最后一幅画是一个硕大的女性美臀，其他什么都没有，这个美臀被围在一个很喜气的舞台台口里，好像把整个舞台都填得满满的。画面下方是硕大喧闹的鲜红大字：

屁股。

伊丽莎白大笑起来。

真绝!

画家的作品中,处处可见那个时代的人物形象——猫王、梦露和政界人士。其中有一张照片,是一幅已经遗失的画作,画的是那个引发**丑闻**丑闻①的女人的著名形象,她全身赤裸,倒骑在一把时尚椅上,这与当时的政局有关。

然后,伊丽莎白翻到了一幅特别的画。

这幅画名为《无题(向日葵女人)1963》。

画面中是一个女人在一片湖蓝色的背景上,她的身体是由各种画拼贴而成的:一个男人手持机关枪对着正在看这幅画的人,构成了她的胸部;一爿工厂构成了她的胳膊和肩膀。

一朵向日葵填满了她的躯干。

一艘爆炸的飞船充当了她的胯部。

一只猫头鹰。

几座高山。

若干彩色的锯齿线条。

册子背面是印成黑白的一幅拼贴画。上面有一只大手握着一只小手,小手也握着大手。

在这幅画的底部,海上漂着两艘大船,还有一艘小船载满了人。

伊丽莎白跑到大英图书馆期刊室,找到一九六四年九月

---

① 这是一个名叫"丑闻"的丑闻,原文为 scandal scandal.

版的 *Vogue*，坐下来。特辑：9 聚光灯 92 葆拉——公主的典范 110 洋娃娃保利·博蒂接受内尔·邓恩专访 120 沉浸在婚姻幸福中的女孩，作者：埃德娜·奥布赖恩。Young Jaeger 风格（又是这风格）的大红外套、戈雅金色女孩化妆棉以及让你感觉无拘无束的管状胸罩与短内裤款式的束腰内裤，挨着这些广告的是：*保利·博蒂，金发女郎，才华横溢，26 岁*。结婚一年，丈夫为她获得的成就感到极度自豪，夸耀她通过绘画和表演赚了很多钱。她体会到在自己生活的这个世界里，女性解放是个密码，不是事实——她很美，因此她就不应该聪明。

整版照片是大卫·贝利拍的博蒂的面部大特写，还有一张倒过来的小洋娃娃的脸，就在她后面。

保利·博蒂：我发现自己有个虚幻的外在形象。就是我很希望让别人高兴，这也许有点自负，因为你知道人们会想"多可爱的女孩啊"。但还有就是我不想让人触碰到我，我不是特别针对身体方面，当然也包括这方面。所以我总是喜欢感觉自己好像是翩翩而过，只是偶尔出现在那里，见见他们。我很习惯扮演别人为我设定好的角色，尤其是初次见面的时候。我嫁给克莱夫的其中一个原因是因为他真正把我当成一个人，一个有思想的人，接受我。

内尔·邓恩：你的意思是男人只把你当成一个漂亮女孩？

保利·博蒂：不，他们只是觉得，你开口说话会很尴尬。很多女人比很多男人有智慧，但要让男人接受这一点

很难。

*　　**内尔·邓恩：** 如果你开始谈自己的想法，他们会觉得你在装模作样？*

*　　**保利·博蒂：** 不是说你在装模作样，他们只是觉得这样有点尴尬，因为你这么做是不对的，这不是你该做的事。*

　　伊丽莎白把杂志中的这几页复印下来。她把保利·博蒂的画展目录带到了学校，放在导师的桌上。

　　导师说，哦，博蒂。

　　他摇摇头。

　　他说，真是悲剧。

　　然后他又说，这些画无足轻重，拙劣，质量不高。她很像朱莉·克里斯蒂，很漂亮。她有部电影，肯·罗素的电影，如果我没记错的话，她在里面有点古怪，戴着一顶礼帽，模仿秀兰·邓波儿的样子，我是说还挺漂亮的，但也挺讨人嫌的。

　　伊丽莎白说，我在哪里能找到这部电影？

　　导师说，我不知道。她很美，但不是有分量的画家，她的作品中但凡有点意思的元素都是从沃霍尔和布莱克那里剽窃的。

　　伊丽莎白说，那她把形象当作形象的风格呢？

　　导师说，哎哟，那时候谁都会那一套，张三李四，连同他的狗。

　　伊丽莎白说，那张三李四连同她的狗呢？

　　导师说，你说什么？

伊丽莎白说，这个呢？

她打开目录，翻到其中一页，上面并排印了两幅画。

一幅画上，画着古人和现代人。上方是蓝色的天空，空中有一架美国空军飞机，下方画的是坐在车上的肯尼迪在达拉斯遭遇枪杀的一幕，在这个模模糊糊的彩色场景两边是黑白的列宁和爱因斯坦，在垂死的总统头上，是一个斗牛士、一朵深红色的玫瑰、几个面带笑容的西装男子和披头士乐队的两个人。

在另一幅画上，几副肉体铺成一长条，叠印在蓝/绿色的英国自然风景上，在这片风景中，还有一幢小小的帕拉第奥式建筑。叠印的长条里有几个半裸的女人，摆出色情杂志上的那种撩人姿态；但被这些忸怩作态的肉体围在中间的是某种不做任何矫饰的东西，纯粹而直白：一个女人的正面裸体，在头和膝盖处截断，只保留了中间的一段。

导师摇摇头说，我在这里看不到任何新意。

他清了清嗓子说，波普艺术有很多极度渲染性的形象。

伊丽莎白说，那作品名称呢？

（这两幅画的名称是《这是一个男人的世界1》和《这是一个男人的世界2》。）

导师的脸涨得红通通的。

伊丽莎白说，那个时候有没有什么女人画过像这样的东西？

导师合上目录，他又清了清嗓子，说：

为什么在这个问题上我们要设想性别是有关系的？

伊丽莎白说，事实上，这也是我想问的。其实，我今天来这里的目的是要变更我的论文题目，我想写一写保利·博蒂作品中的表现手法之表现手法。

导师说，你不可以。

伊丽莎白说，为什么不可以？

导师说，保利·博蒂的素材远远不够。

伊丽莎白说，我觉得有足够的素材。

导师说，几乎没有什么有价值的素材。

伊丽莎白说，这也是其中一个原因，让我觉得这是件有意义的事。

导师说，我是你的论文指导，我告诉你，素材不够，这也不是什么有意义的事。你这是脱离现实，你在钻死胡同。明白吗？

伊丽莎白说，那么我就申请换一个指导。我在你这里办，还是去行政办公室？

一年后，伊丽莎白回家过复活节。这个时候，她妈妈想着要搬家，也许搬到海边去。伊丽莎白听了几个选项，看了诺福克和萨福克的中介寄给妈妈的一些房子的资料。

在房子的话题上绕了足够长的时间后，伊丽莎白问起了丹尼尔。

妈妈告诉她，他不肯让人来家里帮忙，不肯在轮椅上吃饭，不肯让人给他弄喝的啥的，洗洗涮涮，换换床单什么的，都不行。屋里面味道很重，但如果有谁过去要给些什么或是要帮忙，他会让你坐下来，然后自己给你倒茶，就连这，都不肯让人为他做。他至少有九十岁了吧。他已经做不来了，上次我还从他给我泡的茶里捞出一只死掉的甲虫。

122

伊丽莎白说，我要赶紧过去看看他。

丹尼尔说，哦，你好，进来。你在读什么？

伊丽莎白等着他给她泡茶，她从包里拿出那本在伦敦找到的画展目录，放到桌上。

我小时候，格卢克先生，我不知道你还记不记得，但是我们在外面散步的时候，你有时候会向我描述一些画。问题是，我觉得我终于看到了其中的几幅。

丹尼尔戴上眼镜，打开目录，他的脸上泛起一阵潮红，然后又变得苍白。

他说，哦，是的。

他一页页地翻着，一脸惊喜的表情。他点点头，又摇摇头。

他说，画得还不错吧？

伊丽莎白说，我觉得非常棒，非常出色，而且，无论在主题上，还是艺术技巧上，都很有意思。

丹尼尔把一幅画转向她。上面画的是蓝色和红色的抽象图案，还有黑色、金色和粉色的圆圈和弧线。

他说，这幅画我记得很清楚。

我在想，格卢克先生，因为我们曾经聊过那些，你对这些画知道得那么清楚。我的意思是这些画已经失踪了几十年，刚刚才找到，真的。艺术界没人知道它们，就我所了解到的，知道它们的也就只有那些认识她本人的人。我去了大概七八年前展出过这些画的画廊，然后我遇到了这个女人，她认识一个人，这个人曾经和博蒂有点私交，她告诉我即使隔了将近四十年，她认识的这个女人每次想起自己的朋友，还是会泪流满面。所以,我在想,这让我想到,或许你也认识博蒂。

他说,好啦,看看这个。

他还在看那幅名为《格什温》的蓝色抽象画。

他说,我现在才知道她给它起了这个名。

伊丽莎白说,你看她的照片,会觉得她真是美得惊艳,但遭遇真是令人痛心,自己不幸离世之后,丈夫,然后女儿,又接二连三地遭遇不幸,真是太惨了——

丹尼尔举起一只手,示意她打住,然后又举起另外一只,两手平平地举着。

安静。

他又继续埋头研究目录。他们中间隔了张桌子,目录就摆在桌上。他翻到一页,一边是一个由火焰构成的女人,另一边是一幅明黄色的抽象画,点缀着红色、粉色、蓝色和白色。

他说,看看。

他点点头。

他说,真的很棒。

他把每一页都翻了个遍,然后合上册子,放回到桌上。他抬起眼看着伊丽莎白。

他说,我的生活中出现过很多男人和女人,我希望他们,我想让他们爱我,但是我自己,那样去爱对方,只爱过一次。我爱上的不是一个人。不是,根本不是人。

他轻轻地拍了拍册子的封面。

他说,这是有可能的,爱上的不是某个人,而是这个人的眼睛。我的意思是，爱它们不是你的眼睛，却让你看清楚自己在哪里，自己是谁。

伊丽莎白点点头，好像听懂了的样子。

不是一个人。

她说，是的，六十年代的时代思潮，是——

丹尼尔举起手，又制止了她。

他说，我们必须怀着这样的希望，爱我们以及对我们有所了解的人最后能真正地看清楚我们。到最后，真正重要的，也就这些个事了。

但是一股凉意迅速袭遍全身，就像一面抹了肥皂水的玻璃窗被一个洗窗工用一柄橡皮刮刀从上刮到下，心里一下子透亮了。

他点点头，与其说是对她，还不如说是冲着屋子。

他说，这是记忆唯一的责任，但是，当然，记忆和责任互相是陌生的，来自两个国度。记忆总是照着它自己的路子，我行我素。

伊丽莎白一定表现出在听的样子，但那时候，脑袋里回荡着尖细的咝咝声，血液在她身体里流淌的动静，盖过了一切。

不是一个人。

丹尼尔不——

丹尼尔从来不——

丹尼尔从来不知道——

她喝了茶，她起身告辞，她把书留在桌上。

他蹒跚着跟到门厅，把册子递给正在拨前门插销的她。

她说，我是特地留下它的，给你的，我想你也许会喜欢。我不需要了，我已经交了论文了。

他摇了摇苍老的头。

他说，你留着吧。

她听到门在她身后关上。

这是某一年某一个季节某一个星期的某一天，也许是一九四九年，也许是一九五〇年，一九五一年，反正就在那几年。

只需再过十几年，克里斯汀·基勒就将声名大噪，有意无意地引发二十世纪六十年代阶级传统与性观念的一场巨变。但在当时，她还只是个小女孩，正和几个男孩在河边玩耍。

他们从地里挖出了一个金属玩意，这东西应该是一头圆，一头尖。

一个小型炸弹应该和他们的上半身差不多大。他们知道这是个炸弹，于是决定把它带回家给其中一个男孩的父亲瞧瞧。他可能在军队里待过，所以他会知道该怎么处理。

这东西在土里埋过，有点脏，所以他们可能先用打湿的草和套衫的袖子擦了擦。然后，轮流抬着它回去，路上还掉了几次，每次掉的时候，他们都像发了疯似的逃窜，生怕它炸起来。

他们把它弄到了那个男孩的家。男孩的父亲走了出来，想看看这些孩子聚在门外到底要干啥。

哦，我的天！

英国皇家空军派了人过来。他们让这条街上所有的人都从屋子里撤出来，然后又让周围几条街的人也从屋子里撤出来。

第二天，这些孩子就上了当地的报纸。

这个故事记录在她的其中一本自传里。这里还有一个。她还不到十岁的时候，被送到一家修道院，在那里生活了一段时间。那里的修女给小女孩们讲的其中一个床头故事，讲到了一个叫拉斯特斯的小男孩。

拉斯特斯爱上了一个白人小女孩，但这个白人小女孩得了病，而且看起来就快死了。有人告诉拉斯特斯，等到她屋前的那棵树的叶子都落光，小女孩就会死掉。于是，拉斯特斯收集了他能找到的所有鞋带，也许还拆了自己的套头毛衣，把毛线剪成了一段段的，他需要很多。他爬上女孩屋外的那棵树，把树叶绑在了树枝上。

但是，有天夜里风特别大，把所有的树叶都吹落了。

（早在克里斯汀·基勒出生前，她出生那年再往前倒推四十年，在那个时候，很多照书里这么说给自己看护的小女孩讲这种故事的修女想来应该还是个孩子或者小大人，在当时那些白人扮演的黑人说唱团演出中，拉斯特斯就是个很常见的名字。它在早期的电影中，在十九世纪末二十世纪初的小说文学中，乃至所有早期的传媒娱乐形式中，成了一个角色名称，一个对黑人带着歧视的简称。

在美国，二十世纪初直至二十年代中期，一个名叫拉斯特斯的黑人形象被用来宣传**奶油麦皮**早餐麦片。在所有照片中，他都戴着厨师帽，穿着厨师服。在其中一张插图上，一个胡子花白的黑人老头拄着拐杖站在一张*你的奶油麦皮早餐*的广告海报前，看着海报上的拉斯特斯，下面写着："*世界头号名人，怕就是他吧。*"

二十年代中期，**奶油麦皮**把拉斯特斯的角色名字换成了弗兰克·L. 怀特，尽管海报和广告中的配图还是没什么变化。弗兰克·L. 怀特确有其人，二十世纪初他在芝加哥当厨师的时候拍的一张照片上的头像成了**奶油麦皮**的标准广告形象。至于怀特有没有收取肖像使用费，并没有记录在案。

他死于一九三八年。

又过了七十年，他的墓地才正式有了墓碑。

回到克里斯汀·基勒的话题。）

在她和为她代笔的人写的几本书里，还有一个关于她自己的故事。

这个故事也发生在她小时候，不过是在另一个时期。那天，她发现了一只田鼠，把它当成宠物带回了家。

那个被她叫作爸爸的男人杀了它，用脚踩死的，可能还当着她的面。

和之前几次一样，丹尼尔还是睡着。

这里的员工可能觉得他就是床上的一块东西，他们的任务就是打理这块东西，别脏得不像话就行。他们还在给他输液，但他们已经和伊丽莎白说过想和她妈妈谈谈是否停止给他输液。

我希望你们，我妈妈和我，尤其是我妈妈希望你们能继续给他输液。伊丽莎白在他们问起的时候这样说。

她到的时候，接待员告诉她莫廷斯疗养院很想和她妈妈谈一谈。

伊丽莎白说，我会和她说的，她会和你们联系的。

接待员说他们想尽量含蓄地提醒她妈妈，格卢克先生的住宿费和护理费马上就要拖欠了。

伊丽莎白说，我们一定会马上来和你们谈这个问题的。

接待员继续看她的 iPad，她刚刚暂停的是一部罪案连续剧。伊丽莎白盯着屏幕看了一会儿。一个穿警服的女人被一名年轻男子开着车轧了过去，他把她轧了一遍，然后又一遍，然后又一遍。

伊丽莎白走进丹尼尔的房间，在床边坐下来。

他们确实还在给他补液。

他的一只手已经从被子下钻了出来，放在嘴边。手背上用胶带贴着输液的针头，输液管沿着手掌边缘也用胶带固定着。（看到胶带和针头，伊丽莎白感到胸口有条细索突然绷断。）丹尼尔触碰着上唇，他仍旧熟睡着，但轻轻拂扫的手势就像在抹嘴上的面包屑。似乎他在悄悄地通过感觉试探或验证自己的嘴是不是还在，或者说，手指是不是还有感觉。然后，这只手就不见了，钻回到了被子下。

伊丽莎白偷偷地瞄了一眼夹在丹尼尔床尾的那张表。图表上标注着体温和血压的读数。

伊丽莎白暗自发笑。

（她妈妈：*格卢克先生，您老高寿啊？*

丹尼尔：*还没老到我想要的岁数呢，迪芒太太。*）

今天，他看起来就像罗马元老院的一位元老。他熟睡的脑袋透着贵族气，双目紧闭，木然，就像一尊雕像，他的眉毛是霜冻的瞬间。

伊丽莎白对自己说：很荣幸能这样看着一个人睡觉；很荣幸能见证一个人同时在这里又不在这里；一个人不在场，你能置身其中，真是荣幸，而这需要安静，需要尊重。

不，这太糟了。

真他妈的糟透了。

太糟了，就这样真的被隔在他眼睛的另一边。

她说，格卢克先生。

她凑在他的左耳边，说得很小声。

两件事。他们要你付这里的钱，我不知道该怎么办，我在想你是不是有什么要交代我去做的。还有一件事，他们问起了给你补液的事。你想让他们给你补液吗？

你得走了吗？

你想留下吗？

伊丽莎白停了下来，离开丹尼尔沉睡的脑袋，又端坐起来。

丹尼尔吸气，然后呼气，然后很长一段时间没有呼吸，然后又开始呼吸。

一名护工走了进来。她开始用清洁用品擦拭床栏，然后又去擦窗台。

他可真是一位绅士。她说这话的时候背对着伊丽莎白。

她转过身。

他这长长的一生，都做过些啥？我是说，战争结束后。

伊丽莎白发现自己一无所知。

她说，他写过歌，他是我童年时期的良师益友，对我帮助很大，在我小的时候。

护工说，我们都很惊讶，听到他给我们讲战争期间他们把他们关押起来的事。他其实是英国人，但还是跟着他的德国老爹一起进去了，虽然他可以选择留在外面。他还想把他妹妹带过来，但他们不准。

吸气。

呼气。

停顿许久。

伊丽莎白说，这是他和你们说的？

护工哼着小曲。她擦好门把手，又去擦门边沿。她拿了一根顶上连着白色长方形棉块的白色塑料长棍，擦拭门的上沿和灯罩周围。

伊丽莎白说，他从来没有提起过这些，没跟我们说过。

护工说，这就是家人嘛，和你不认识的人说，总是容易些。在他昏睡之前，他和我聊了很多。有一天，他说了句很妙的话。他说当政府不友善的时候——当时我们正在聊投票的事，他就这么说了出来，之后我常常会琢磨这句话——他说那么人民就是饲料草灰。真是有智慧啊，你外公，聪明人。

护工冲着她微笑。

真好，你能来这里给他读读书。很有心啊。

护工推着她的小车出去了。伊丽莎白注视着她宽阔的后背，工作服紧紧包着后背和腋下。

我对谁都不了解，真的对谁都不了解。

也许谁都这样。

吸气。

呼气。

停顿许久。

她闭上眼睛。一片黑暗。

她又睁开眼睛。

她把书信手一翻，就开始读，但这次大声地读了出来，读给丹尼尔听：*他的姐妹们，春之女神，为他哀悼。她们剪下自己的头发，悼念自己的兄弟。林中仙女也为他哀悼，山林女神反复吟唱应和她们的哀歌。*

柴垛、火把和停尸架都已备好，但他却不见踪影。她们没有找到他的尸体，却发现了一朵花，一圈白色的花瓣围着黄色的花蕊。

拍那张照片的时候我十三岁，在海边度假，我们每年都去。那是我母亲，我父亲。说这话的是伊丽莎白的妈妈。

隔壁邻居就在她们家的客厅里。

不久前，伊丽莎白刚刚告诉过他自己有个姐姐。现在她很担心，生怕邻居会让她露马脚，问妈妈还有一个女儿去哪儿了。

到目前为止，他还没提到这个。

他在看客厅墙上妈妈的家庭照。

他说，那东西可真是妙啊。

妈妈不光准备了咖啡，她还用上了那几只好的马克杯。

邻居说，对不起，迪芒太太，我是说，照片是很好，但那白铁招牌，有意思。

妈妈说，什么，格卢克先生？

她把杯子放在桌上，走过来看他说的是啥。

邻居说，请叫我丹尼尔。

他指着那张照片。

妈妈说，哦，那些个东西啊，是的。

在一张老照片上，当时还是个小孩的妈妈的身后，是冰棍的巨幅广告牌。他们说的就是这个。

妈妈说，6便士①，实行十进制的时候，我还很小，但我还记得那些沉甸甸的便士，半克朗硬币。

她说得有点过于大声，但邻居丹尼尔看起来并没有注意到，或者说，并不介意。

丹尼尔说，看看亮粉色上那块暗粉色的楔形，看看那蓝色，颜色变化的地方，阴影就那样变深了。

妈妈说，是的，变焦，很棒。

丹尼尔坐下来，坐在猫旁边。

他对伊丽莎白说，她叫什么？

伊丽莎白说，芭芭拉，照着那个歌手的名字起的。

她妈妈说，那是她妈妈喜欢的歌手。

丹尼尔对伊丽莎白眨眨眼，冲她俯下身，好像要说出口的话对妈妈而言是个秘密，好像这样就不会被已经走到 CD 架前正在翻那堆 CD 的妈妈听到，似乎他并不想让她知道。

信不信由你，这个歌手在演唱会上唱了我作词的一首歌。我因此拿了很多钱，但她一直没把这首歌录下来。如果她录了，我就成了亿万富翁了，钱多得都可以进行时间旅行了。

伊丽莎白说，你会唱歌吗？

丹尼尔说，完全不会。

伊丽莎白说，你真的想要进行时间旅行吗？如果你可

---

① 此处指的是 1971 年以前的十二进制便士。

以，我是说，而且时间旅行也是真事的话？

丹尼尔说，那是绝对的。

伊丽莎白说，为什么？

丹尼尔说，时间旅行是真的，我们一直在这样做。这一刻到下一刻，这一分钟到下一分钟。

他眼睛睁得大大的，看着伊丽莎白，然后他把手伸进口袋里，掏出一枚 20 便士的硬币，拿到芭芭拉猫的面前，他用另一只手做了个手势——硬币不见了！他把它变走了！

房间里响起了那首《爱是一把安乐椅》的歌。芭芭拉猫还在疑惑地盯着丹尼尔空空的手，她举起两只爪子，抓住那只手，把鼻子凑过去找那枚消失的硬币，她的猫脸上充满了惊讶。

丹尼尔说，你看，在我们的动物本性中，这是多么根深蒂固，看不到自己眼前发生的事。

十月是一眨眼的工夫。一分钟前还坠在树上的苹果已经不见了，树叶黄了，渐渐少了。一场霜冻瞬间让全国几百万棵树都裹上了银装。那些不是常绿的树种，糅合了美丽与艳俗，叶子红橙金，然后棕黄，然后落下。

天气出乎意料地暖和。要不是白天短黑夜长，要不是凌晨和子夜又黑又潮，要不是植物静静地收敛着，要不是蜘蛛网上还沾着凝结的水珠，你真的感觉不到离夏天还那么远。

白天这么暖和，还掉这么多树叶，这不对。

但夜晚凉意渐重。

棚里和屋里的蜘蛛在房顶角落里守着它们的卵囊。

来年化蝶的卵藏在草叶的背面，点缀在荒地上那些看起来已经枯萎的茎秆上，隐身潜伏在密密匝匝的灌木和细枝上。

这是个老故事，但还很新，还在发生着，自己书写着情节，不知道写到哪里会结束，结局会怎样。在一家疗养院的一张床上，仰面躺着一个老头，他熟睡着，头靠着枕头。他的心脏在跳动，血液在周身流淌，他吸气，然后呼气，他熟睡着，他醒着。他是一片碎叶，荡在奔流的溪涧中，绿色的叶脉和叶肉，水和水流。丹尼尔·格卢克最终告别感官，幻化成了叶——他的舌头成了一片绿色的阔叶，叶子从眼眶里长出来，从耳朵里窸窣出来（很恰当的用语），从鼻孔里钻出来，枝横蔓绕，直到把他裹起来，叶子皮肤，浮雕一般。

而现在他就在这里，就坐在他妹妹身边！

但他一时想不起妹妹的名字来。这太意外了。这可是他这辈子极为看重的几个字啊。不要紧，现在她就在他身边。他转过头，她就在那里。看到她实在是太好了！她坐在那位画家旁边，就是那位拒绝了他无数次的画家。哎，这就是人生。他甚至能闻到画家用过的香水味。Oh! de London，明快芬芳，带着点木本香味，这是他刚认识她的时候；后来她年

142

龄上去了，更庄重了，用的是 Rive Gauche，这个他也闻得出来。

她们——他妹妹和画家——都没有搭理他。还是那样。她们在和一个男人说话。他不认识这个男人，年轻，留着长发，神情热切，穿着古装，这衣服也可能是从剧院后台的一大堆旧戏服里扒出来的。男人整了整手腕上宽宽的袖口，他说他喜欢收割后的一地麦茬，他说，*那好过渗透着春寒的绿意*。妹妹和画家表示认同，丹尼尔发现自己有点吃醋，*麦茬地看上去很温暖*，年轻男子转向画家，*同样，有些画看起来很温暖*，画家点点头，*要是我没有眼睛*，她说，*我就不存在*。她的一片片话音晶光闪耀。

他想要引起妹妹的注意。

他碰碰她的胳膊肘。

她不理他。

但是他有几句话等着要对妹妹说，他想告诉她想了六十多年，自从他第一次生出这个念头之后，每次再度起心动念，他都希望她还活着，哪怕只活半分钟。她会觉得这是多么有趣。（他也希望这能令她对自己刮目相看——他竟然能想到。）他说，康定斯基，保罗·克利，我确定，他们在创作的画是前所未有的，一种全新的风景画法。他们从眼睛内部去悬想那幕风景，但恰好正是偏头痛发作的时候！

妹妹很容易犯偏头痛。

我的意思是，所有明黄的色彩，还有沿着曲线和直线跳动的粉色和黑色的三角形。

妹妹叹了口气。

现在，他坐在她房间的窗台上。她十二岁；他十七岁，比她大很多。但为什么感觉自己这么没权威呢？妹妹聪慧过人。她正坐在桌边埋头看书。桌上、地上、床上都摊着书。她喜欢看书，她一直在看书，她喜欢同时看几本书——她说这样就能方方面面各种视角尽收眼底。他们整个夏天都在吵吵闹闹，争个不休。他明天就要跟爸爸走了，回学校，英格兰，他也不太属于那里。他想表现得友好些，但她不理他。他越友好，她越鄙视他。她鄙视他，这还从来没有过。往年，他一直是她的英雄。去年，她还很喜欢听他讲笑话，看他把硬币变走；今年，她冲他翻翻白眼。这座城市，还是原先的老样子，但不知怎的，同时又感觉是新的，陌生的。什么都没有变，但一切都不一样了。空气中弥漫着树木散发出来的清香，还是原来的那些树。一派夏日的欢畅气象，但今年的欢畅是一种赤裸裸的威胁。

昨天，她正好撞见他在自己房间里哭。她推开门，他命令她走开，她没有走，站在门口。她说，怎么了？你害怕了？他说不是的。他撒了个谎，赤裸裸的谎言——他说他想到了莫扎特，他死的时候那么年轻，那么穷困潦倒，而他的音乐却那么轻快，这让他感动得眼泪都出来了。哦，原来是这样啊。她站在门口，她很清楚他在撒谎。不是说莫扎特不足以让他落泪，事实上，这是常有的事，那些悦耳的高音就好像一个个小小的性高潮，虽然这样难以启齿的事，他从来都没有向任何人说起过，更别说是妹妹了。但真的吗？当时他不是因为这个在哭。好了，夏天哥哥（她已经习惯这样叫他，好像这个哥哥不是永久的，只在夏天才是她的哥哥），那没什么好哭的。她边说边用手指敲击着门板。

今天，她从桌面抬起眼来，装出一副吃惊的样子——他竟然还在。

他说，我要走了。

但他还坐在窗台上不走。

她说，行了，如果你要继续坐在那里悲悲戚戚，你能不能让自己有用些？别像棵病树那样杵在那里好不好？

病树？

前头万木春啊，① 哈哈哈。

她真是让人受不了。他讨厌她。

她说，别像个松了线的木偶一样坐在那里，过来，找点事做，跟我讲讲。

他说，讲什么？

她说，我不知道，无所谓，什么都行。告诉我你在读什么。

他说，哦，我在读很多东西。

她很清楚他什么都没读。她才会去阅读，他不会。

她说，那你就在这很多东西里挑一样跟我讲讲吧。

她想让他难堪，一来因为他有和她一样的感觉，二来因为他不像她一样阅读。

但是，学校的法语课要求他们读过一个故事，这个用得上。

---

① 原文玩了个同音字接龙的文字游戏，上一句提到 sick（生病的），下一句接龙引出（sic）transit gloria mundi（尘世繁华转眼即逝）。sic 和 sick 同音，表示"就这样，如此"。

他说，我其实在看这个，一个举世闻名的故事，讲的是一个很老很老的老头，他有一块魔法羊皮，但因为他很老，差不多跟传说本身一样老，所以他马上就要死了——

她说，因为人不可能是传说，人是会死的。

他说，呃，嗯。

她笑了起来。

他说，他想把魔法羊皮传给别人。

她说，为什么？

他的大脑一片空白，他不知道为什么。

他说，那样魔法就不会浪费了，那样……嗯……那样就——

她说，这块魔法羊皮他一开始是从哪里得来的？

他不知道，他上课的时候没在听。

是不是曾经有一头魔法山羊？在悬崖边？那头山羊不管从多高的地方跳下去，不管什么角度，它都能站住，用它小巧的蹄子着地？或者说，得把羊皮剥了，羊皮是在献祭之后，因为献祭才具备了魔力？

她都不知道这个故事，但她已经编了一个，比他想要回忆起来的那个还要好。

她说，怎样？

他说，魔法羊皮……是……嗯……是老头的一本最古老的最厉害的魔法书的封皮，因此好几百年来，它就这样浸在魔法里。于是，他实际上是把封皮从书上完完整整地揭了下来，这样他就可以把它传给别人了。

她说，那么他为什么不因此完完整整地把整本书传给别人？

她坐在桌子前，转过去面朝着他，脸上一半是讥讽，一半是怜爱。

他说，我不知道，我只知道他想把它传下去，于是他……嗯……找到了一名年轻男子。

她说，为什么是一名年轻男子？为什么他不选一名年轻女子？

他说，听着，我只是在讲述我读到的。老头对年轻男子说，来，拿着这块魔法羊皮。要心怀虔诚，它的魔力很强。你要让它显灵，就把一只手放上去，许个愿，然后，你的愿望就会实现。但是他没有告诉年轻人的是，每次你对着它许一个愿，羊皮都会变小，缩一点点，或者缩很多，要看你许的愿是小还是大。年轻人许了个愿，愿望实现了，他又许了个愿，又实现了，于是他享受着魔法羊皮带来的好运，过上了好日子，但终于有一天，羊皮缩得还没有他的巴掌大，于是他就许愿让它变大些，然后它就开始变大，越来越大，越来越大，最后变得世界那么大，大到那个程度，它就没了，消失得无影无踪。

妹妹翻了个白眼。

他说，然后，也就在这个时候，这名年轻男子，他当时已经有点老了，但我觉得不会和原来那个老头一样老，他也死了。

妹妹叹了口气。

就这样？

他说，嗯，还有一些情节，我想不起来了，但是，对，大致就是这样。

好吧。

她走到窗边，亲了亲他的脸。

非常感谢，你给我讲这个魔法包皮的故事。

过了一会儿，他才反应过来她说的是什么。脸一下子红到了头发根，他全身都红了起来。看到他涨得通红，她莞尔一笑。

因为我不应该说这两个字，是吗？即使故事就是在讲这个，即使几百年来伪装掩饰，就是要让我看不清这世上的故事的真相？嗯，包皮，包皮包皮包皮。

她在房间里蹦来蹦去，大声喊着这两个字，他当着她的面自己都说不出口的那两个字。

她疯了。

但奇怪的是，她说对了。

她真聪明。

她是真实这两个字所代表的一个全新的层面。

她很危险，她闪闪发光。

她走过去，把原本就已经打开的窗一推。她冲着街道，向着天空，大声地喊（但用的是英语，谢天谢地），*包皮来包皮去！但莫扎特万古长存！*然后她蹦回到桌边坐下来，拿起正在看的书，继续埋头读下去，就好像什么都没有发生过。

他等了一会儿，然后探头扫了一眼下面的街道。一位带着一条小狗的女士停了下来，站在那里，正仰头看着，手搭在额头挡着阳光；除此之外，街上一如既往。人们并不知道他妹妹那么疯狂，那么勇敢，那么聪明，那么狂野，那么镇定。现在他确信，她长大以后，会成为这个世界的生力军，一位有影响力的思想家，一位改革家，一个不容忽视、不好对付的人物。

夏天哥哥。

躺在疗养院床上的老头。

妹妹。

永远都过不了二十，二十一。

她的照片一张都没留下来。放在妈妈家的那些照片呢？早就烧了，丢了，没了，成了街上的垃圾。

但他还有几页信，她在照顾妈妈的时候写给他的。当时她十八岁。掏心掏肺，字里行间流溢着她的聪慧。

这个问题是我们如何看待自己的处境的问题，最亲爱的丹尼，我们如何看清自己的位置，如果有可能的话，在认清形势的情况下，如何选择不陷入绝望并妥善应对。希望就是这么回事，无外乎这些，就是我们如何对待这世上人与人之间的不友善行为，记着他们和我们一样都是人，或善或恶，对于我们来说都不是异类，而且最重要的是，我们在这个世上也只是眼睛一眨的工夫，仅此而已。但在那个瞬间，要么是善意的一眨眼，要么是自愿失明，我们必须知道自己都做得出来，准备好远离邪恶，即便深陷其泥沼，也要跳脱出来。所以这很重要，不要浪费时间，我们的时间，趁我们还有时间。我在这里也直接承认，我十分了解的亲爱的哥哥有着善良、迷人和哀伤的灵魂。

最亲爱的丹尼。

他把时间花在哪里了？

一些微不足道的韵文。

其他真的也没什么了。

还有，当这些韵文换成钱后，他吃得很好。

秋日熙，秋日黄。他还记得那首愚蠢的歌里所有的歌词。但他不记得，

上帝啊，他不记得了。

上帝啊，能不能麻烦你提醒我一下妹妹的名字？

并不是说他相信有上帝存在。事实上，他知道并没有，但万一有这样的神明存在呢。

求你了，再提醒我一下，她的名字。

静默说，抱歉，帮不了你。

谁？

（静默。）

谁在那里？

（静默。）

上帝？

不完全是。

哦，那又是谁？

从哪里说起呢？我是蝴蝶的触须。我是油漆的化学原料。我是水域边的死者。我是水域。我是边。我是皮肤细胞。我是消毒剂的气味。我是他们用来给你擦嘴补水的东西——你感觉得到吗？我是软的。我是硬的。我是玻璃。我是沙。我是个黄色的塑料瓶。我是海上和鱼肚子里所有的塑料。我是鱼。我是海。我是海里的软体动物。我是压得平平

的旧啤酒罐。我是运河里的购物车。我是五线谱里的音符，栖在线上的鸟儿。我是五线谱。我是线。我是蜘蛛。我是种子。我是水。我是热。我是床单的棉。我是你体侧插的管子。我是管子里你撒的尿。我是你身体这一侧。我是你的另外一侧。我是你的另外。我是穿过墙壁的咳嗽声。我是咳嗽。我是墙。我是黏液。我是支气管。我是里面。我是外面。我是车流。我是污染。我是乡间道路上一百年前的一堆马粪。我是路面。我是路面以下。我是路面以上。我是苍蝇。我是苍蝇的后代。我是苍蝇的后代的后代的后代的后代的后代的后代。我是圆。我是方。我是所有的形状。我是几何结构。我都还没开始告诉你我是什么。我是造就万物的万物。我是毁灭万物的万物。我是火。我是洪水。我是瘟疫。我是墨水、纸、草、树、树叶、叶子、叶子的绿。我是叶子的叶脉。我是那没有故事可讲的声音。

（哼。）根本没有这种东西。

抱歉，有的，这就是我。

你刚才是说叶子？

我是说叶子，是的。

你？叶子？

你聋了吗？我是叶子。

就一片叶子，你吗？

不，确切地说。我已经说过，我已经说得清清楚楚，我是所有的叶子。

你是所有的叶子。

是的。

那么你已经掉了吗？还是正等着掉？秋天的时候？夏天赶上暴风雨的时候？

嗯，顾名思义——

所有的叶子，你的意思是你是去年的叶子？

我——

和明年的叶子？

是的，我——

你是以往所有那些年所有那些早就掉落的老叶子？和所有将要长出来的新叶子？

是的，是的，显而易见。啊呀，我是树叶，所有的树叶。行了吧？

那掉落这回事呢？掉不掉？

当然，叶子嘛，就该那样。

那你骗不了我，不管你是谁。你一刻都骗不了我。

（静默。）

总是有，总是会有，更多的故事，故事嘛，就该那样。

（静默。）

它是无休止的落叶纷纷。

（静默。）

它不是吗？你不是吗？

（静默。）

真正的秋天已经不远了，天气好了起来。整个夏天直到现在，一直都是蝇虫臭烘烘的，云层厚厚的，透着凉凉的秋意，差不多从伊丽莎白第一次去邮局办护照预审开始就是这样了。

现在，她的新护照寄到了。

她的头发一定是通过了审查；她的眼睛摆放的位置也一定通过了审查。

她把新护照给妈妈看。妈妈指着封面顶端**欧洲联盟**那几个字，挤出一个悲伤的表情，然后，一页页快速地翻过去。

她说，这些图是啥？护照上配这些插图，搞得像本童书。

伊丽莎白说，讲迷幻药的童书。

妈妈说，像这样的新护照，我可不想要。这些男人，整本都是。女人都去哪儿了？哦，这里有一个。这是格蕾西·菲尔兹吗？建筑？这到底是谁？这个帽子怪怪的女人是整本册子里唯一的女性吗？哦，不，这里还有一个，但差不多就折在页面中间，像是后来随手加上去的。这里还有两个，和苏格兰风笛手在同一页，都是典型的民族舞者形象，表演艺术。呵呵，苏格兰、女人和两块大陆，确实都在自己的位置上。

她把护照还给伊丽莎白。

她说，我要是在公投之前就看到这么傻的东西被当成护照，我就会知道该早早做好准备，接下来要发生些什么，就很清楚了。

伊丽莎白把新护照插在卧室的镜子边上，后面的这个房间是妈妈留给她的。然后她穿上外套准备去车站。

妈妈大声说，别忘了，晚饭，我要你六点前到家。佐伊要来。

佐伊是妈妈童年时代的BBC童星。两星期前，她录制《金木槌》的时候遇到的，现在两人成了死党。佐伊是被邀请过来看《苏格兰议会》开幕的。妈妈月初就存在电视盒里了，坚持要让伊丽莎白看，她自己已经看过几遍了，从开头，从配画外音的那个男人提到权杖上刻的文字那刻开始，她就在抹眼泪了。

智慧，公平，怜悯，正直。

妈妈说，就是正直这两个字，每次都是这样，我一听到，脑海里就浮现出那些骗子的嘴脸。

伊丽莎白扮了个鬼脸。每天早上醒来，她都觉得自己受了欺骗，接下来也许还会想到全国有多少人醒过来感觉自己受了骗，不管当初投的是什么票。

她说，嗯。

妈妈说，我还在看那边的房子，我是不会离开欧盟的。

这对妈妈来说是可以的，妈妈已经享受了自己的人生。

统治吧，不列颠尼亚！周末，一伙暴徒在大街上高唱着经过伊丽莎白的公寓。不列颠尼亚统辖海洋。我们先抓波兰人，然后我们抓穆斯林，接着我们抓吉卜赛人，再接着抓同性恋。之前，也是在那个星期六，四台的一个讨论小组的一名右翼发言人对着一名女议员这样大吼，*你们这些人，逃吧，我们再追上来对付你们*。对于他刚刚说出口的威胁，主持人并没有加以斥责，也没有做出评论，甚至都没有承认那是威胁，而是把最后发言的机会留给了小组里的保守党议员，那位议员用最后的三十秒钟节目时间大谈*真正令人不安的值得关注的问题*，这说的可不是刚刚在广播中一个人针对另一个人的赤裸裸的威胁，而是*移民问题*。伊丽莎白在洗澡的时候听的这个节目，洗完澡就关了，心里在想自己是不是还能继续心无芥蒂地收听四台的广播。她的耳朵发生了沧海巨变，或者说，是世界发生了沧海巨变。

不过经历了一场沧海巨变

幻化成华美与①——

华美与什么？她想。

华美与贫困。

她擦掉镜子上的水珠，站在卫生间里，自己的回声里。她看着镜子里自己模糊的映像。

第二天，伊丽莎白在电话里对妈妈说，喂，是我，至

---

① 出自莎士比亚的《暴风雨》：Nothing of him that doth fade, but doth suffer a sea-change into something rich and strange. 他身上所有本该衰变消亡的，都经历了一场沧海巨变，幻化成华美与奇丽。

少，我觉得是。

妈妈说，我知道你的意思。

我能过来在你这边待一阵吗？我想处理一些工作，而且，我想离——家近些。

妈妈笑了起来，和她说后面的那个房间归她，她想待多久就待多久。

与此同时，佐伊——那个二十世纪六十年代的童星——也会过来，来看《苏格兰议会》。

妈妈告诉说，我和佐伊是因一个金币盒结缘的，我不知道你知不知道那是什么。你知道吗？那东西合上的时候有点像怀表，我在电视上的古玩市场见过一两个。当时，一个柜子上放着这么个东西。佐伊拿了起来，打开后说，哎呀太可惜了，有人把表芯都掏空了。我说不是的，这可能是个金币盒。她说，哎呀，主权①就这么点大？竟然是以前的钱币？早就该知道的。原来的一镑金币。马上就值六十英镑了。我们俩都大笑起来，笑得太大声，把隔壁的拍摄都搞砸了。

妈妈又说，我希望你能见见她，她让我非常开心。

伊丽莎白说，我不会忘的。

她一出门就忘了。

----

① 原文中 sovereign，除了指旧时价值为一镑的英国金币，还表示拥有主权的。

一次又一次。即使已经陷入长期睡眠状态，脑袋靠在枕头上，眼睛闭着，神思游离，他还是在那样做，他一直都能那样做。

　　不断地施展着魅力，丹尼尔。冥冥之中，如有神助。他是怎么做到的？

　　她从走廊搬了椅子过来，关上门，翻开今天带来的书，开始读，从头开始，小声地大声读出来。那是最美好的时代，那是最糟糕的时代，那是睿智的年代，那是愚昧的年代，那是满怀信心的时期，那是疑虑重重的时期，那是光明的季节，那是黑暗的季节，那是充满希望的春天，那是令人绝望的冬天，我们的前方应有尽有，我们的前方一无所有。这些文字像符咒一样，它们在瞬间就把这道符咒的能量全都释放了出来，把现实中正在发生的一切都远远地驱散开去。

　　这完全就是魔法嘛。

　　谁需要护照？

　　我是谁？我在哪里？我是什么？

　　我在阅读。

丹尼尔躺在那里沉睡着，就像童话里的人物。她手中的书翻在开头。她什么都没有放声说出来。

她在自己脑海里说：曾经，我还很小的时候，我妈不许我见你，我照做了，但只坚持了三天，到了第三天早上，我有生以来第一次得知自己有朝一日终会死去，于是我就明目张胆地无视了她，我违抗了她；她拿我没办法。只有三天，我还很得意——你那时候都没有察觉，也不知道有这回事。

但是，我想说声对不起，这些年没来看你，加起来有十年了。我真的很抱歉。没办法，我当时因为某个愚蠢的理由受了伤，无法自拔。

当然，也有可能你根本没有察觉到我不在。

我可是一直都在想着你，即使没有在想你的时候，我也想你。

伊丽莎白默不作声，除了她的呼吸声。

丹尼尔默不作声，除了他的呼吸声。

没过多久，她就在直直的靠背椅上睡着了，头倚在墙上。梦里的她坐在一个被刷得白白的地方。

这次这个被刷得白白的地方是她的公寓。

说实话，这不是*她的*公寓，她在梦里也知道。她现在已经认命——也许她这辈子都买不起房子了。这没什么大不了的，大家都买不起，除了那些很有钱的人，或者父母过世的人，或者父母很有钱的人。但是不要紧。她有租约，她在梦里租着一套四壁刷白的公寓。她听得到隔壁邻居的电视声音透过墙壁传过来。这也是你判断自己还有邻居的一个方法。

有人在敲门，应该是丹尼尔。

但来的不是丹尼尔，是一个女孩。她的脸上没有一丝表情，就像空白的纸，空白的屏幕。伊丽莎白开始慌起来。空白屏幕意味着电脑出故障了，所有的信息都消失了，她打不开工作文件，没法知道此刻世界上正在发生的事，她联系不上任何人，她什么都做不成了。

女孩没搭理伊丽莎白。她在门口坐下来，这样伊丽莎白就关不了门。她掏出一本书。她一定是米兰达，《暴风雨》中的米兰达。《暴风雨》中的米兰达在看《美丽新世界》。

她抬起眼，好像才意识到伊丽莎白也在那里似的。

她说，我来是要告诉你关于我们的爸爸的消息。

据这个面无表情的女孩说，今天早些时候，她们的爸爸去买新电脑。

女孩（伊丽莎白的妹妹）说，给你的礼物，但接着发生了这事。

然后，伊丽莎白看到了接下来发生的事，就像看电影一样。

在去约翰-路易斯百货商店的路上，一个男人（她爸爸？）在**旧物变现站**①的橱窗前停下来，想看看里面的东西是不是便宜。一个女人也停下来朝橱窗里看。她说，你在看手提电脑吗？伊丽莎白的爸爸说，是的。女人说，是这样的，我正打算进去把我的新电脑卖了，我说了，这是全新的，我在美国找了份新工作，现在不需要这台新电脑了，但如果你想要买电脑，我可以不卖给**旧物变现站**，卖给你，很

_____

① 旧物变现站，是 Cash Converters 的暂译名，非官方译名。

实惠的价格换一台崭新的电脑。

伊丽莎白的爸爸跟着这个女人一起走向一个停车场。在那个停车场里，她打开一辆车的后备厢，拉开一个旅行袋的拉链，拿出一台崭新的手提电脑。伊丽莎白在梦里能闻到它有多新。

女人说，六百英镑，现金，公道吧？伊丽莎白的爸爸说，是的，很公道。我去提款机上取钱。

我和你一起去。女人一边说着这话，一边把手提电脑放回到旅行袋里，关上后备厢。

他们向提款机走去，他取了钱，他们回头朝车子走去，他把钱交给那个女人，女人打开后备厢，取出旅行袋，递给他，她关上后备厢，开着车走了。

面无表情的女孩说，然后，爸爸打开袋子，袋子里有洋葱，洋葱和土豆。给你。

她递给伊丽莎白一个旅行袋。伊丽莎白打开袋子，里面装满了土豆和洋葱。

伊丽莎白说，谢谢你，也替我谢谢他。

她看向应该是炉灶所在的那个位置，但在这个刷得白白的房间里，什么都没有。

她想，不要紧，丹尼尔来的时候，他会有办法用这些东西做点什么出来。

就在这时候，她醒了过来。

这个梦，她只记住了一秒不到的时间，然后她想起来自己此刻是在哪里，就把梦给忘了。

她在椅子上伸展了一下胳膊和肩膀，还有腿。

所以，和丹尼尔睡在一起就是这样啊。

她暗自发笑。

（她常常在好奇。）

这是一九九六年四月一个寻常的星期三。伊丽莎白十一岁。她穿着双新的旱冰鞋。你把你身体的重量压下去，鞋子后跟的彩灯就会亮起来，一闪一闪的。你自己是看不到的，除非外面天很黑，你把卧室里的灯全关了，或者把百叶窗放下来，两只手摁着它。

丹尼尔在前门。

他说，我要去剧场，露天剧场。想一起去吗？

他告诉她，这部戏讲的是文明、殖民和帝国主义。

她说，听起来有点无聊啊。

他说，相信我。

于是她就去了。结果一点都不无聊，还很精彩。讲的是一对父女的故事，同时，也讲到了公平与不公，讲到了在一个岛上，人们被催眠并且互相设计陷害，想看看谁能统治这个岛，其中一些角色注定就是奴隶，而另一些则必须获得自由，但主要还是讲一个女孩的故事，她的爸爸是一个魔术师，他为女儿安排前途。最终，女儿在这里面的戏份其实还可以再多些，但就算这样，整部戏也还是非常精彩。最后，伊丽莎白差不多要哭出来，看到老了以后的父亲走上前来，没有披魔法斗篷，也没有拿魔杖，他请求观众鼓掌，因为如果他们不鼓掌，他就会永远被困在戏里，困在用纸板布景搭建的假岛上。如果他们没有鼓掌，真的就好像他可能还被困在那个露天剧场里，在黑暗中站一整夜。

只要拍拍手，就能把人解救出来，这也很让人兴奋。

回家路上，她穿着旱冰鞋溜在丹尼尔前面，这样丹尼尔就能看见灯亮起来。

那天夜里，她躺在床上，还记得自己的双脚和脚下迅速滑过的人行道，她在想这真是奇怪，她能够记住一些完全无用的细节，比如路面的裂纹，而关于自己的爸爸，记忆却没有那么清晰。

第二天吃早饭的时候，她对妈妈说，

昨天晚上我睡不着。

妈妈说，哎呀，嗯，你今天晚上就能睡着了。

伊丽莎白说，我睡不着是有原因的。

妈妈说，嗯？

她在看报纸。

伊丽莎白说，我睡不着，是因为我发现自己一点都想不起爸爸的脸长什么样了。

妈妈在报纸后面说，哦，那你很幸运啊。

她把报纸翻过去，折起来，抖了抖，整理好，又把它举起来横在她俩中间。

伊丽莎白穿上旱冰鞋，系上鞋带，出门去丹尼尔家。丹尼尔在后院。伊丽莎白踩着旱冰鞋滑过去。

丹尼尔说，哦，你好，是你啊。你在读什么？

伊丽莎白说，我昨天晚上睡不着。

丹尼尔说，等等，先告诉我——你在读什么？

伊丽莎白说，《发条》，很有意思，我昨天告诉过你，它讲的是人们编故事，然后故事真的发生了，很恐怖。

丹尼尔说，我记得，他们唱首歌就可以阻止不好的事情。

伊丽莎白说，是的。

丹尼尔说，人生那么简单就好了。

伊丽莎白说，这就是我要说的，我睡不着。

丹尼尔说，因为那本书？

伊丽莎白说起了人行道、她的双脚和她爸爸的脸。丹尼尔神情凝重，他在草坪上坐下来，拍拍身边的草地。

忘了也没关系，你知道，这是好事。其实，我们有时候必须要忘记些东西。忘记是很重要的，我们是刻意要去忘记，这样就可以休息一下。你在听吗？我们必须忘记，否则，就永远都别想睡觉了。

伊丽莎白哭得像个小小孩一样，哭得像天气一样酣畅淋漓。

丹尼尔把手平平地搭在她后背。

当我想不起事情来，很苦恼的时候，我就——你在听吗？

伊丽莎白哭着说，在听。

我就想象我忘记的东西被我收了起来，就在我身边，像一只睡着的鸟。

伊丽莎白说，什么样的鸟？

一只野鸟，随便什么样。到时候你就会知道是什么样的。我就握着它，也没有很紧，就让它睡着。就这样。

然后，他问她那双后跟有灯的旱冰鞋是不是只能在马路上滑，是不是在草地上滑，后跟的灯就不会亮。

她止住了哭。

她说，它叫旱冰鞋。

他说，旱冰鞋，对啊。怎么了？

她说，那么你就不能在草地上滑。

他说，不能吗？真相真是太没劲了。我们不试试吗？

她说，没用的。

他说，不管怎样，就不能试试吗？大家都认定的事，我们或许可以证明它是错的。

她说，好吧。

她站起身来，用袖子擦了擦脸。

复活，伊丽莎白说，饥饿，贫穷，一无所有。整个城市正在遭遇一场海上的暴风雨，这仅仅只是开始，残暴正在逼近，人头将要落地。

伊丽莎白在门厅里挂外套。她妈妈刚刚向新朋友佐伊介绍了自己的女儿，还问了伊丽莎白《双城记》看到哪儿了。

妈妈的新朋友佐伊说，谁是格卢克先生？

妈妈说，格卢克先生是一个成天乐呵呵的老同性恋，多年前是我们的邻居，她以前很喜欢他。她还是个孩子的时候，他就把她当朋友了。她是个很难搞的小孩，我命苦，摊上这么个让人难懂的小孩。

不，他不是；是，我是，以前是，现在也还是；不，我不是。伊丽莎白依次说下来。

妈妈说，看到了吧？

佐伊说，我就很喜欢读难懂的东西。

她很真诚很友善地对着伊丽莎白微笑。她六十几岁，端庄健美，有一种低调的时髦。据说她现在是一位很有名的精神分析专家。（得知这个的时候，伊丽莎白笑她妈妈，这么多年下来，这次你交往的终于是你需要见的人了。）她与那个在那部老电影里和电话亭共舞的女孩有一丝相似，但这丝相似一闪而过；女孩的幽灵是一朵五彩斑斓的光，忽明忽暗，仍旧附着在她身旁。年老的她很热情，很鲜亮，就像被摘空了的树上仅剩的最后一只苹果，高高地挂在枝头。而伊丽莎白的妈妈则狠下了番功夫，化了妆，穿着一套看上去崭新的亚麻布料的衣服，就像村里的高档商店卖的那种。

佐伊说，这些年，你们一直都保持着联系啊。

妈妈说，其实，我们失去了联系，直到有个邻居在网上找到我，告诉我他已经把房子里的东西都打包了，卖掉了他那块芭芭拉·赫普沃斯的老古董圣石——

雕塑模型。伊丽莎白纠正了她。

佐伊说，我的天哪，他真有品位。

——然后自己住进了一家疗养院，然后我正好就告诉了伊丽莎白。她来这里看我，我不骗你，六年，我不骗你，就来了一次。我是在电话里告诉她的。我说，哦，对了，格卢克老先生，他就在这个叫莫廷斯的地方，离这里不远。然后，我没开玩笑，今年整个夏天，她每星期都跑过来一趟，有时候还来两趟。现在她要在这里住上一阵。真好，我又有女儿了，至少现在。

伊丽莎白说，谢谢。

妈妈说，现在我希望自己稍稍调整一下在晚年关注的点，所有那些我没读过的书，《米德尔马契》《白鲸》《战争与和平》。并不是说我能像格卢克先生那样过我的晚年。他现在都有一百一十岁了。

佐伊说，他什么？

伊丽莎白说，她总是把他的年龄搞错，他才一百零一岁。

佐伊摇摇头。

她说，才，啊呀，七十五岁可以了，再活下去，就是中奖了。嗯，我现在是这么说。谁知道我到了七十五岁会怎么说？

妈妈说，以前，夏天夜里，他会在后院架起放映机和屏幕，放老电影给她看。我会从窗口望出去，那会是一个满天都是星星的夜晚，他们坐在一小片灯光下。那是好多年前的事了，那时候还有夏天，还有不同的季节，不像现在就只有一个季节。你记不记得那回他把他的表扔进河里——

运河。伊丽莎白纠正了她。

——然后告诉你这是一项时间与运动的研究？

佐伊说，多么美好的友谊。你每星期都去看他？读书给他听？

伊丽莎白说，我爱他。

佐伊点点头。

妈妈翻了个白眼，压低了声音说，他现在已经完全不省人事，恐怕他不会。

他没有不省人事。伊丽莎白说这话的时候，感觉到自己话音里带着怒气。她让语气平复下来，然后又开口说话。

他只是睡着了，只是时间比较长。他没有不省人事，他在休息。收拾房子，把所有的东西打包，一定把他给累坏了。

她看到妈妈冲着新朋友摇头。

佐伊说，换作是我的话，就把东西全扔了，运河也好，河也好，找个就近的地方，或者送人。留着没有意义。

伊丽莎白走到阳光房里，在沙发上四仰八叉地平躺下来。她已经忘了那些电影之夜——卓别林在马戏团里找了份助理的工作，有人告诉他不要去碰魔术师桌上的按键，但他还是按错了，然后鸭子、鸽子和小猪都从暗箱里钻了出来。

妈妈的声音从厨房里飘过来：于是，我就每星期站在门厅里打这个电话，我那个迫切的劲啊。018118055，我还记得这个号码，这就表示我几乎没怎么看节目，我总是在门厅里。但当时这个念头一出现，我就觉得很有意思，觉得真是太机智了。就这样，每星期。然后终于有一星期，我打通了。接线的女孩，从前，她们那些女孩就坐在演播室后面接电话，把要交换的东西记下来，当时，她出现在电话那头，对我说出了那句具有魔力的**多彩交换店**。然后我就说我是温迪·帕菲特，我想拿我的王国换一匹马。然后他们就把我说的话打到屏幕上去了，把它作为他们的十大交换项目之一打上去了：温迪·帕菲特，**出让**王国，**想要**马。

她的朋友说，我曾经见过他，诺埃尔，嗯，三十秒钟，在员工食堂里，真是令人兴奋啊。

妈妈说，我们全部的人生，作为一个孩子，我全部的人生。我们父亲的葬礼结束后的当天晚上，我们的母亲，我猜她也不知道除此之外该做些什么，她打开电视，然后我们就都坐在那里，她也坐着，看《沃尔顿一家》，好像这样就会好起来，一切就都会恢复正常。

妈妈的朋友说，对我来说，也和你一样，都是那样神秘，那样令人兴奋，令人欣慰，即使按道理，我也曾经是公认的重要的一分子。而现在，大家唯一想知道的就是有没有被虐待过，有没有人对我们做过什么出格的事。问这问题的人很想这么问，不仅如此，他们还想听到一些不好的事，他们希望有一些不好的事，他们总是看起来很失望，听到我说没有，听到我说我过得很开心，我喜欢工作，喜欢当演员超乎一切，我也喜欢有漂亮衣服穿，喜欢坐在接送我的车子的后座自己学抽烟。如果我这么说，关于抽烟的事，他们就会挑起眉毛，好像那样就糟蹋了我的纯真，我那么急着想做个大人。我们都有那样的欲望，想要长大，不想再当小孩。

伊丽莎白醒了，她坐了起来。

外面的天已经黑了。

她看看手机，差不多九点了。

她能听到嗡嗡的谈话声穿过门厅，她们已经移驾到了客厅，她们一定没等她就先吃了晚饭。

她们在聊录制《金木槌》过程中进的一家店里的一个房间。妈妈和她说起过，房间很大，里面啥都没有，就只有几千个雪利酒杯叠在一起。

佐伊说，就像你感觉自己走进去的会是一段历史，却发现满眼都是令人唏嘘的脆弱，一脚踢过去，就是一场灾难。你得小心脚下。还有那些老式的拨号电话。

陶制的狗。（妈妈。）

墨水池。（佐伊。）

雕着图案的银质火柴盒，锚和狮子的标志，伯明翰，世纪之交。（妈妈。）

你很在行啊。(佐伊。)

我电视看得多。(妈妈。)

应该多出去走走。(佐伊。)

黄油搅拌器。(妈妈。)壁挂式咖啡豆研磨机。(佐伊。)普洱瓷器。克拉丽斯·克利夫的赝品。镀锡铁皮日本机器人。(伊丽莎白已经分辨不出来谁是谁了。)佩勒姆木偶，我记得，还装在盒子里。钟。战争荣誉奖章。雕花水晶。套几。瓷砖。斟酒瓶。橱柜。微型家具。花草架。旧影集。活页乐谱。画。还有画。还有画。

全国各地所有经历了岁月的洗礼沉淀下来的东西都堆在店铺、谷仓和仓库的货架上，堆在陈列柜里或者陈列柜上，从店铺的地窖漫上了台阶，从阁楼溢下了台阶，就像一支庞大的国家管弦乐队正在等着发声，琴弓挥到了弦上，所有织物都轻悄悄的，所有物件都纹丝不动，保持静默，直到店堂里空无一人，直到门上的报警器发出嘀嘀的电子声，直到钥匙在全国几千家店铺、谷仓和仓库的锁孔里转动。

然后，当黑幕降临，交响乐响起。哦，哦，这想法太妙了。变卖的和丢弃的东西的交响乐，所有曾经拥有这些东西的人生的交响乐，价值和无价值的交响乐。克拉丽斯·克利夫的赝品会奏出柔和清亮的笛声。棕色的家具会奏出低音。受潮后留下水渍的旧相册里的照片会透过透明纸膜喃喃细语。银器的音清亮纯净。柳编制品则尖细刺耳。瓷器呢？它们的声音听起来会像是随时就要被打碎。木器是次中音。是的，但真品发出的声音会不会有别于复制品呢？

两个女人哈哈大笑。

伊丽莎白能闻到烟味。

不，她能闻到大麻味。

她又在沙发上躺下来，听她们笑着谈论在录制《金木槌》的过程中，她们搞砸了多少次拍摄，就因为在不该笑的时候笑，或者没有说对台词。她从她们的话里得知因为妈妈的固执造成了好一阵忙乱，就因为她不肯装作第一次见面的样子向他们在拍的那家古董店的老板问好，事实上，他们提前一个小时就已经见面了，而且这一段她已经拍了五遍了。她每次都说，*你好，又见面了！* 摄制组大吼，*卡！*

妈妈说，我就是做不到嘛，这太假了，太蠢了。我当时真是没希望了。

新朋友说，是的，这就让我有了希望。

伊丽莎白笑了。这话很妙。

她坐起来，穿过房间去厨房。晚餐的食材还摆在桌子上，还没烧。

她就去了客厅。一屋子的大麻味。妈妈的新朋友佐伊坐在躺椅上，妈妈坐在新朋友的大腿上，她们互相拥抱着，就像罗丹的那尊著名的雕像，正在接吻。

啊！

佐伊睁开眼睛。

呃，被抓个现行。

伊丽莎白看着妈妈挣扎着想要保持镇定，同时还要在新朋友的膝盖上保持平衡。

她透过大麻的烟雾冲着妈妈的新朋友眨眨眼。

她从十岁开始就在等你了。我来做饭吧，好吗？

这是十多年前一个晴朗的星期五晚上，二〇〇四年的春天。伊丽莎白快二十了。她窝在家里看《阿尔菲》。这部电影会有保利·博蒂出场。主演迈克尔·凯恩在里面是一个花花公子。在当时，这部电影具有开创性的意义，因为扮演阿尔菲的凯恩对着镜头直言不讳，大谈他寻欢作乐的冒险经历。

电影前半段，迈克尔·凯恩走在一条阳光灿烂的二十世纪六十年代的伦敦大街上，他敲敲写着**快捷服务**的玻璃窗，想引起里面那名年轻女子的注意。

是她。

她转过身，一脸喜悦，示意他进去。他进门时随手把营业中的招牌换成了休息中，然后跟着她来到后面。他抱住她，亲吻她，然后溜到衣架后面和她来了场充满喜剧效果的三秒钟的速战速决。

这绝对是保利·博蒂。

这是在她过世前一年拍的。

她的名字没有出现在演职人员字幕里。

*我过起了美好的小日子，但我没能看到这一点。有一个干洗店的女经理。*这是迈克尔·凯恩的画外音。他走进店里，和这个女孩溜到那排衣服后面，然后过了一会儿，从另一头出来，说，*我在讨价还价中洗了一件衣服。*

根据伊丽莎白从她的生平资料中了解到的，博蒂在拍这部电影的时候已经怀孕了。

她穿着鲜亮的蓝色上衣，她的头发是栗色的。

但是，论文里你不能写这些。你不能写，*她令那段戏精彩百倍。*不能写，*她看上去好像很有意思，充满了能量，或者她身上一拨拨地散发着能量。*即使事实有过之而无不及，你也不能写*虽然她在那部电影中只出现了不到二十秒钟，但影片对于当代放纵的新道德观的批判，由于她的出现，关于享乐又添了一笔很关键的女性色彩，而在现实中，她利用自己的审美，确确实实也在这么做。*

诸如此类的废话。

伊丽莎白又打开博蒂的画展目录，快速翻看着。浓烈明亮的色彩从页面涌出来扑向她。

她翻到一页，停了下来，这上面的画早就遗失，就是克里斯汀·基勒坐在椅子上的那幅。基勒和两个男人睡过，一个是伦敦政府内阁的战务大臣，一个是苏联的外交官。先是在议会公然撒谎的问题，再是谁的权力大和谁掌握着核武器信息的问题，只不过很快，至少在表面上，事情完全变了样，变成了谁拥有基勒，谁把她托养出去，谁是否从中谋利的问题。

博蒂的那幅《丑闻63》从画完的那年起就下落不明，

只有照片。在最终的那一版上，博蒂画的是基勒坐在她的丹麦椅上，被抽象图案包围着，其中一些图案看起来比较写实：左边的那个可以说是一副悲剧面具；下面是一个看上去正在享受高潮的女人。坐在椅子上的基勒的上方，似乎是在昏暗的阳台上，博蒂画了四个男人——两个黑人和两个白人——的脑袋和肩膀，这情形有点像挂在城墙上的人头。之前画的一版，你能在博蒂本人的一张照片中看到一半，你从照片上就能看出这幅画有多大，它比博蒂的腰线还高出很多。在这一版中，博蒂没有画基勒坐在椅子上这一著名形象；她后来改了主意，然后就这么画了。

伊丽莎白在她的大本子上用铅笔写道：这种艺术作品对事物的外在形貌进行检视并通过改变外在形貌对其进行重新评估。一个形象的形象，其意思就是，可以从新的客观视角去看它，完全脱离原始形象的羁绊。

论文的废话。

她看着博蒂站在《丑闻63》旁边的那张照片。她拿着册子走到窗边，想借着余下的日光看这些照片。

谁也不知道是谁委托她来画这幅画的。

谁也不知道这幅画在哪里，如果它还在世界的某个角落的话，如果它还存在的话。

她又看了看那副面具，滴水兽的悲剧面孔在画面一侧若隐若现。

伊丽莎白曾经试着对**丑闻**丑闻做了一番调查，想要帮助自己理解这幅画，从而知道该怎么去写它。她把能找到的都看了，网上的，图书馆里的：一些关于二十世纪六十年代的文化书籍、基勒写的几本书和关于**丑闻**丑闻的《丹宁报告》①。她没料到近距离地接触谎言，即使只是读到那些文字，也能让人这么难受。整件事有点像被逼着套上窒息面具和许许多多折磨人的性虐待道具，看一部像《阿尔菲》那样无伤大雅的片子，而这些玩意你一开始是说什么都不会答应戴上的。

在她的脑海中，每次一想到围绕着**丑闻**丑闻的真实事件，其中一个很小的细节就会像鱼钩一样刺进她的肉里。

一位名叫布伦特的艺术史学家马上就会有自己的性/情报丑闻要操心，他在一九六三年**丑闻**事件的审判过程中，出现在伦敦的一家画廊里，那里有一场肖像画的展览。这些画是史蒂芬·沃德的作品，这时候他已经成了这起丑闻的始作俑者或者说是替罪羊，他不久后就会死于自杀，看起来像是自杀。沃德为当时那些有钱的名人画过肖像，贵族、王室成员以及在政界的王室成员。这里展出了他的许多作品。布伦特递过去一大笔现金，一下子就把画廊里所有的画都买了下来。

看来他把这些画都带走了，他把它们都销毁了。书和文章都这么写。

他是怎么销毁的？他是把它们放在豪宅的壁炉里烧掉的吗，还是在一个偏僻的乡间大宅的花园里给它们浇上汽油的？

---

① 丹宁勋爵是二战后英国最著名的法官，他对丑闻丑闻即普罗富莫事件的调查报告成了畅销书。

照伊丽莎白的想象，在一个偏远的地方，有一片收割后的麦茬地，地上有一个由一台拖拉机那么大的挖掘机挖出来的深坑。非常深，放得下几具尸体。有一小伙人站在洞口边，一张张地把肖像往下扔，扔出了一座肖像的乱葬岗，大人物们连环相撞的事故现场。

然后，她想象这伙人把一头刚宰杀好的马或者牛从一辆卡车上拖下来，推进挖掘机的嘴里。她想象那台挖掘机机械地把马或牛的尸体定位到那个堆着肖像画的坑上，然后驾驶员一推拉杆，尸体落进坑里。她想象着挖掘机把地里的土翻到那些艺术品和尸体上，把坑填了起来。她想象着挖掘机把隆起的土堆轧平，然后，这些人回到有水的地方，掸掉衣服上的尘土，洗掉手上的泥巴，清理掉指甲缝里的泥垢。

马或牛是额外添加的一笔装饰。如果伊丽莎白是画画的，她会用这种方式来表达烂摊子。

有时候，她想象博蒂的《丑闻63》也在那里，尸体落下来砸在画上，压裂了那木质的画框。她想象着布伦特走上博蒂的画室所在的那幢房子的楼梯，口袋里塞满了钞票，他不会纡尊降贵去碰那藏污纳垢的扶手，从战前到战争年间直至战后年代的污秽都嵌在那扶手的木脊里。

然而这些你都不能写进论文。

看，她一直在页边的空白处乱涂乱画，漩涡、波浪和螺旋。

她回头看自己实际写下了些什么。*这种艺术作品对事物的外在形貌进行检视并对其进行重新评估。*

她笑出声来。

她拿起铅笔，用头上的橡皮擦掉艺术的大写首字母，改成小写，然后又在句首加了个词，整句话的开头就变成了

这种附庸风雅的艺术作品

对我们隔壁邻居的描述

我们新家的隔壁邻居是我到目前为止遇到过的最优雅的邻居。他不老。我妈妈不准我去问他我们因该①完成的文字描述作业要求的我应该问他作为邻居的那几个问题。她说不许我去打扰他。她说如果我能编一下我在问他这些问题，而不是真的去问他，她就给我买一台新的录像机和《美女与野兽》的录像带。说实话，我宁可不要录像带和录像机，我宁可去问他这些问题，有新邻居是什么感觉，还有对他来说是不是都一样。这些是我想问他的问题 1 有邻居是什么感觉 2 作为邻居是什么感觉 3 应该是老的但不老是什么样的 4 为什么他家里都是画为什么它们不像我们家里的画，最后 5 为什么你每次走近我们隔壁邻居家的前门都会有音乐声。

---

① 此处为故意的错字，原文将"meant"写成"meat"。

二〇一六年的第二天早上，厨房架子上的小电视开着，但声音被调小了；它一定是整夜都开着，独自映得厨房一会儿明一会儿暗的。

　　起床的只有伊丽莎白一个人。她在咖啡壶里灌上水，放到灶盘上，打开火，这时候，她看到电视屏幕上的一则超市广告：两个二十来岁的年轻人在各自购物，突然同时丢下手中的东西——一条面包和几包意大利面食，搂住了对方，就好像被施了什么魔法，然后开始跳华尔兹，两人都很惊讶，自己竟然会跳华尔兹；在相邻的走道上，一个小孩接住了他爸妈刚刚撒手的一盒鸡蛋，他看着自己的爸爸妈妈在一摞垒成金字塔状的奶酪旁一起旋转；在卖鱼的柜台边，一对老夫妇，男的举着一个罐头在眼镜前，女的紧紧抓着手推车，好像把它当成了齐默式助行架，他们抬头看向上方，像是听到了头顶上有什么声音，他们会心地看了对方一眼，抓着手推车的女人一把推开手推车，倒退几步，步态轻盈得让人难以置信，双脚站定，男的松开拐杖，任它倒在地上，他向她深深一鞠，接下来，两人便带着一种老派的优雅跳起了华尔兹。

伊丽莎白冲向架子去拿遥控器，但在这段广告的最后几秒才把音量调高，正赶上那个接住鸡蛋的孩子对着镜头耸肩，最后一个镜头是艳阳高照的夏日超市的外景，人们在停车场里翩翩起舞，这时传来了温厚的中年男子的画外音：终年为你奉歌献舞。

妈妈起床后发现伊丽莎白在手提电脑上翻来覆去地看一段超市的广告。

她说，什么东西煳了？

她打开窗户，擦干净灶台，丢掉了那块被火燎到的抹布。

一开始出现的是超市的停车场，停满了车，车上都是积雪，雪在下着；然后就是歌曲和舞蹈；再然后歌曲结束的同时，夏日超市的外景。

妈妈说，给超市打广告，这歌选得太悲情了，这些日子我听什么都觉得伤感。

伊丽莎白说，哦，我不知道，你一直都很多愁善感。

的确，这些年，我在多愁善感领域的职业生涯真是可观。妈妈边说边拿过了电脑。

妈妈一直都这么诙谐，只是伊丽莎白没有发现而已吗？

妈妈说，迈克·雷和米尔克·维。

伊丽莎白说，从没听说过。

妈妈在查。

她说，只唱红过一首歌，一九六二年，《夏天哥哥秋天妹妹》（格卢克/克莱恩）；一九六二年九月，第十九位。好吧，也许你是对的，也许我们的格卢克先生的确写了这首歌。

第一段：

夏天雪在飘/春天树叶在掉/四季流逝，四季流逝/时光流逝，带走一切

副歌：夏天哥哥秋天妹妹／光阴里的滴漏／秋日熙秋日黄／还我一个理由，让我吟咏押韵

第二段：

我会在秋天找到她/秋天吻过她

秋日的迷雾/夏天哥哥秋天妹妹/

秋天走了，夏天便没了

副歌×1

桥接：

夏天哥哥秋天妹妹/一次次离开/走出季节她会出现在我眼前/身后尽是时间的落叶/每当我唱起这首歌

副歌×2　随性唱至收声

（词曲创作：格卢克/克莱恩）

在网上搜*歌曲创作格卢克*或者*词作家格卢克*或者*格卢克/克莱恩词曲*，几乎搜不到任何其他东西，只有指向这首歌和这则超市广告的链接，有很多这样的链接，25705 个人在 YouTube 上看了这则广告。

你们刚才在放米尔克·维的歌吗？什么东西煳了？

佐伊穿着伊丽莎白的妈妈的浴袍向客厅走来。

她吹着口哨走进厨房，她吹的是那段副歌。

伊丽莎白在网上的音乐排行榜里查这首歌，排名相当不

182

错。她用搜索引擎查找那家超市总部的联系方式。

她对佐伊说，你姓什么？

佐伊说，斯宾塞-巴纳。怎么了？

伊丽莎白在自己的手机上呼叫一个号码。

你好，我是伊丽莎白·迪芒，这里是斯宾塞-巴纳事务所。请帮我接你们的营销部。不，没关系，答录机也可以。谢谢。（停顿。）你好，这里是斯宾塞-巴纳事务所，我叫伊丽莎白·迪芒，我代表我的客户丹尼尔·格卢克先生，由于你们在目前的推广中使用了格卢克先生一九六二年的热门歌曲《夏天哥哥秋天妹妹》，你们最新的这则电视广告每播一遍，都在侵犯他的版权。如果你们或者你们的代理机构能联系我，拨这个号码就可以，我们会很感谢你们能这样积极响应；如果你们能联系我，来和我们协商此事，并且准备好立即赔付我们认同的按照法律欠我们的客户格卢克先生的款项，我们这位客户以及侵权法相关的问题对于我们来说才算告终。我等你们回复，希望你们能告诉我问题已经得到解决。如果在二十四小时内没有收到答复，我们就会采取行动，我会建议至少全面停播你们的广告，直到问题得到处理。非常感谢。

她在留言最后留下了自己的号码。

妈妈说，侵权，积极响应，由于。

伊丽莎白耸耸肩。

妈妈说，你觉得会管用吗？

伊丽莎白说，总要试一试，我敢打赌，他们肯定觉得他早就不在人世了。

佐伊说，那其他人呢？迈克·雷呢？米尔克·维呢？

伊丽莎白说，我只关心丹尼尔，我是说格卢克先生。

佐伊说，你女儿真是精力旺盛。

妈妈说，是吧，但你千万别低估了源头。

伊丽莎白说，源头？

妈妈说，我呀。

伊丽莎白说，太阳从西边出来了。

佐伊说，又是一首好听的老歌。

她开始唱起来。

妈妈等佐伊走出房间后对伊丽莎白小声说，这就好像我的生活出现了奇迹。

伊丽莎白说，不正常。

妈妈说，谁会知道，谁会猜到，在这人生的最后阶段陪伴我的竟然是爱情？

伊丽莎白说，不健康，我不准，你不可以。

她给了妈妈一个拥抱和一个亲吻。

妈妈说，够了。

这是什么书？

佐伊从门厅走过来。

这位艺术家是谁？这些东西太棒了。

她在餐桌边坐下来，保利·博蒂的那本旧目录摊开着，这一页上的画名为《54321①》。

---

① 5-4-3-2-1，是1963年至1966年英国一档摇滚/流行音乐电视节目《各就各位预备开始！》的主题曲。

妈妈说，我这位学识渊博的女儿教人认识的其中一个人。

伊丽莎白说，二十世纪六十年代的艺术家，英国唯一的一位女性波普艺术家。

佐伊说，啊，我不知道还有这样的人。

伊丽莎白说，有的。

佐伊说，我料想她受到了虐待。

她冲伊丽莎白眨眨眼。

伊丽莎白笑了起来，说，就是当时那老一套的无聊的厌女症。

佐伊说，自杀了。

伊丽莎白说，没有。

佐伊说，那么疯了。

伊丽莎白说，没有，就是那老一套的无聊的心智健全的偶然发作的抑郁。

佐伊说，啊，那么就是死得很悲剧化了。

伊丽莎白说，嗯，这是一种看法，但我个人喜欢这么理解：自由精神降临地球，带着技巧与卓识，能将发生在我们身上的悲剧化的东西都炸飞掉，令其消散于无形，每次你留意看她的画里表现出来的生命力，你都会有这样的感觉。

佐伊说，哦，这不错，很不错。但我还是相信她肯定被忽视了。

伊丽莎白说，她死后是被忽视了。

佐伊说，肯定是这样的：被忽视，消失，几年后被重新发现；然后又被忽视，消失，几年后被重新发现；然后再被忽视，消失，重新被发现。周而复始，永无止境。我说得没错吧？

伊丽莎白哈哈大笑。

妈妈说，你是不是上过我女儿的课？

佐伊说，这个女孩，她有什么故事？

她看着目录封面的内折页上博蒂的照片，青春洋溢，笑逐颜开，还不足二十的样子。

她的故事？伊丽莎白说，能给我十分钟吗？

秋季，一九六三年。《丑闻63》。直到昨晚，大名鼎鼎的基勒就在这里，画布中央，正往上层阳台上挤，稳稳地被沃德和普罗富莫一左一右夹在上层阶级的正中，至少克里斯汀的其中一个形象是这样的。直到昨晚，画布上有好几个克里斯汀的形象，分别在不同的位置。一个是在大步走，一个在画布底部，全身赤裸，笑靥如花，还有一个一副心醉神迷的样子，在中间那个甩着包、迈着步子的克里斯汀的脚下。但是昨晚，刘易斯就在**建制**，他就在那个酒吧。

刘易斯拍的那张宣传照像西班牙流感一样扩散，标志性的作品。他看了保利正在画的东西，他其实是拍了下来——他到画室给她拍照，拍下了她一边扶着《丑闻63》，另一边扶着《各就各位预备开始》，有点旗鼓相当的味道。他看到她走进来，他说，想不想上去看看我的基勒？保利说，喂，你这话是什么意思啊？你要知道，我是结了婚的，好，请带我去吧。于是，他们就上楼去他的住处。他给她和克莱夫看放大镜下的那些照片，她凑近了仔细地观察那个原型，那个形象。基勒支起双臂，下巴搁在两个拳头上。太妙了。

然后她从贴印照片上发现了同一个形象略有差异的一个版本。

于是她对刘易斯说，你能把那张放大吗？

这张很不错，看上去没那么忸怩作态，自我保护的意味更浓些，一条手臂垂着。你能看到基勒在思考的时候是什么样子。

我要画基勒思考的样子，《思想家基勒》。她在心里这样想着。

然后她指着基勒腿上的印子，放大后看上去很明显的瘀痕。

天哪。

刘易斯说，那张媒体吸睛图上看不出来，报纸嘛，太模糊了。

于是她现在在重新为委托人画这幅画。这次的画会充满疑问，而不是陈述。它看上去还是大家自以为熟知的那个形象，但同时又不是那个形象，基勒的错视画。即使你没有在第一时间察觉，即使那个姿势没让你觉得有什么深意，你还是会不自觉地发现——有种你说不太清楚的东西，它不太符合你预想的、你记得的、原本应该展现的那个样子。

形象和实体：嗯，她已经习惯了。这是保利，那是形象——甩着羽毛长围巾，对着镜头挤眉弄眼，很有趣。很自信。很不自信。在大学的话剧演出中打扮成梦露的样子，我想要你来爱我。扮演多丽丝·戴，所有人都爱我的肉体。小女孩的歌用成年女人的声音唱出来，爸爸不给我买包豪斯，我有一只小猫咪（看到她怎样确保他们明白猫指的是阴道，

倒吸一口气）。钻石是属于女孩的，我的腋窝是魅力之窝
（听到腋窝，倒吸一口气，这两个字可没有听人大声说出来
过）。在皇家艺术学院，女孩子是稀有动物，但凡出现女孩
子，大家就会行注目礼；那种地方，建筑师都不愿费事在设
计图上放女厕所。她在走廊里走，听到旁边有人窃窃私语，
听说那边那个，真的读过普鲁斯特。她一把搂住那个男孩
对他说，亲爱的，这是真的，还有日奈，还有德·波伏娃，
还有兰波，还有科莱特，所有的法文作家①，男的女的，我
都读过，哦，还有格特鲁德·斯泰因。你不了解女人和她们
的软纽扣吗？②

炸弹就要扔下来了，他们也许只有几年可活了。

一个男孩子问她，*为什么你口红抹得这么厚，这么红？*
为了更好地亲你啊。她说着，从椅子上蹦起来就去追他。他
撒腿就跑，他其实是有点吓蒙了。她追着他出了校园，穿过
草地，跑上人行道，直到他跳上一辆驶过的汽车的车尾，她
站在那里捧着肚子狂笑。一个男人，一个很老很好的男人，
也曾逗得她那样开怀大笑：他跪在地上，双手扶地，向她爬
过来，一边亲吻着地面。他就是那个写歌的人，他来到她住
的公寓，她把他戏称为格什温。他看着她那位戴帽子的贝尔
蒙多，问她，*他是谁？*电影明星，法国人，这幅画一面让你
心跳，一面让你想要，你说是吗？她这话让可怜的老格什温
一下子红到了根尖末梢——耳朵、脚趾，每一处根尖末梢都

---

① 法文作家的原文是 French letters，此处双关意为"避孕套"。
② 《软纽扣》是格特鲁德·斯泰因的代表作之一。

红了。可爱的老家伙，他控制不住，他是从另一个时代来的。嗯，他们几乎都是。即使那些应该算是来自*现时*的人也是从*那时*来的。有一天，他在那间画室里，看着那幅《54321》。*那写的是什么？*他说，然后大声念了出来，*来吧，呲傲——，哦，哈，我明白了，太——哈，真有莎士比亚的风格。*她说，*嗯，如果你是格什温，那我就是温布尔登·芭德-噢*①。*明白吗？*他说，*哦，是的，芭德，芭铎*②，*太贴切了。*

他非常喜欢她。

哎。

无法自拔。

想象一下，如果画廊里的画不只是画，而是带着生命。

想象一下，如果时间能够暂停，而不是我们被凝固在时间里。

说实话，有时候，她也不知道自己到底想干什么。让自己充满活力吧，她猜。

很不自信；只有十六岁，当时导师向她建议彩色玻璃不只是教堂用的，其他地方也可以用，不一定非得是神圣的用途，什么都可以。很自信；把《世上唯一的金发女郎》的画布角落留白，就好像角落的画自己脱落了，形成了错视画的效果，似乎你能把它们就这样剥掉，知道它们只不过是形象。《热情似火》中光彩照人的梦露匆匆走过去，她是一道

———————

① 芭德，Bard 字面意思是诗人，文中有用画笔作诗的意思。
② 保利·博蒂因其美貌，在温布尔登艺术学校被称作温布尔登的碧姬·芭铎——温布尔登·芭铎。

明媚的光，劈开抽象，闯了出来。① 你能画出女人的高潮吗？那是梦露，那是彩色的圆圈，真可爱，真可爱，一切都令人兴奋，电视令人兴奋，广播令人兴奋，伦敦令人兴奋，满城都是来自世界各地令人兴奋的人，戏剧表演令人兴奋，空荡荡的露天游乐场令人兴奋，香烟盒令人兴奋，牛奶瓶盖令人兴奋，希腊令人兴奋，罗马令人兴奋，旅馆的卫生间里穿着男人的衬衣当睡衣的聪明女人令人兴奋，巴黎——令人兴奋（*我一个人在巴黎!! 不管去哪里，都有人跟着我或者请我喝咖啡什么的，除此之外，巴黎是很棒的，画——无法用语言来形容*）。很自信；艺术可以是任何东西，啤酒罐是一种新型民间艺术，电影明星是一种新的神话，对**当下**的缅怀。这很令人兴奋，她发现如果她的艺术作品本身需要她亲身上阵拗造型，给她拍照的摄影师就无法把她的艺术排除在画面之外了。

（不对。

该死！

他们还是在围着她剪切，把艺术裁掉，留下胸脯和大腿这块，当然啦。）

把我的画笔拍进去好吗，迈克？

她戴着帽子，穿着衬衣和内衣，尽量模仿着西莉亚在画像中的样子，只不过她把牛仔裤脱了，这样他们就会把她连同那幅画都留在照片上了。但刘易斯和迈克尔这两个小伙子

---

① 《世上唯一的金发女郎》这幅画中玛丽莲·梦露的形象取自电影《热情似火》中的一幕。

都很棒，她似乎喜欢他们喜欢得不得了。他们由着她来告诉他们该怎么拍，大多数情况下，他们都会照办。很乐意这样脱光了摆姿势，我喜欢赤身裸体。我的意思是——说实话，谁不喜欢？我是人。我是有智慧的赤裸，有才智的肉体，我是肉体的智慧。艺术充斥着裸体，我是在思考在抉择的裸体。我是裸体人艺术家，我是艺术家裸体人。

很多男人不懂充满乐趣的女人，更多的男人不懂女人画出来的充满乐趣的画。整体是以性为基础的，看，那香蕉和喷泉，那张大嘴和那只手，嗯，它们都是生殖器的象征。他们说，*嗯，反正，我是男的，做男人要比做女人强多了*。

她看到钉在大楼侧面墙上明黄色的布告，五颜六色的文字写的是**疯狂的小屋**，然后下面是蓝色的大号字体**碧姬的比基尼**，然后是褪了色的黑色小字**进来看看**，然后靠边写得很小的是**这只**，再是硕大的红色的**性感小猫**。她说，迈克，请给我拍一张正在看这个的照片。她径直走到那边，就好像她绕过墙角，只是读一下通知上写的东西而已，因为这就是她，一个读着世界的女孩。

但是爱太重要了。她说的不是浪漫的情爱，而是广义的爱。让自己快乐是很重要的。性爱也和活着一样五花八门。强烈的情感对于她来说，总是像缺乏幽默的东西。情感汹涌的时刻对她来说——

我记得有一次坐在我哥哥对面，感到一阵强烈的爱，似乎我与他是紧密相连的。

（她会对为了写书来采访她的作家说，）这种美妙的感觉持续了，大概，半个小时。但她嫁给她丈夫是因为他喜欢女人，他知道她们不是东西，不是你不太了解的东西。他在理智上接受了我，这一点，其他男人很难做到。

很自信。很不自信。她妈妈在她爸爸的英国玫瑰园里修剪玫瑰；她妈妈准备穿的，准备吃的。在卡苏顿的花园里，妈妈拿着修枝钳，早在詹姆斯·布朗之前就说了这句话——*这是一个男人的世界*，她把雪利酒瓶上的记号换了个位置，这样爸爸就不会发现了。妈妈维罗妮卡从前被自己的父亲拦着上不了斯莱德美术学院，她整个修枝剪叶的人生都在为此黯然神伤，她劝保利的爸爸让保利去温布尔登艺术学校。是妈妈带着她搭乘伊丽莎白女王二号去的美国。是妈妈（当爸爸不在家的时候）听玛丽亚·卡拉斯的歌，音量放到最大。是妈妈（在厨房里趁爸爸不在厨房的时候）对着广播里的新闻大叫大嚷。是妈妈生了病，保利十一岁，没完没了的 X 光，每个人都得照，还要拍片。是妈妈快要死了。总之，一大家子乱成一团，乱有乱的好处——除了随之而来的愁云，那不好——乱糟糟的好处是，挺锻炼人的。摘了一个肺，妈妈，但她好像没什么问题，她保存着一本剪报的剪贴簿。**保利画波普**。还有**全是我自己创作的**。（这是标题，文章讲的是保利把一幅抽象画挂到伦敦工党工会联盟总部。）*女演员往往没什么脑子；画家常常是大胡子。想象一下，一个有头脑的女演员同时还是位画家，还是金发女郎。*

想象一下。

爸爸很严厉，爸爸不同意，爸爸很怀疑。称心如意？半独立式住宅？我不敢说什么，不然爸爸会不高兴的。一半比利时，一半波斯，坚定的英国保守派，他见过喜马拉雅山和

哈罗盖特，自己选择了会计专业。他父亲被海盗给杀了（真
的），他母亲一家是在幼发拉底河上造船的，所以诺福克湖
区停着他自己的船。而对他来说，板球运动的规则和正确的
泡茶方式是衡量生活品质的标准。

他甚至都不想让我毕业后去参加工作。

吵得很厉害，通常是在早饭前，真是挑了个最蠢最糟糕
的时间来和他吵。她的几个哥哥都畏缩着摇摇头。她哥哥也
有这样的问题，男人也有，也许还更糟糕——哥哥想去艺术
学校，爸爸却让他当了会计师。她最终还是去了，嗯，但毕
竟算不上什么正儿八经的工作，所以也许更适合女孩子吧。

但她的哥哥们呢，在她小的时候，*闭嘴！你只是个女孩
子*。过去常常想当男的。以前，她常常扯——你知道你身上
长的那块——想让它变长些。以前，总觉得自己长了个很难
看的阴部，现在不这么想了。自由自在，无拘无束。

成就了现在的我。

*完美的女人，虔诚的奴隶，履行着自己的职责，毫无怨
言，也不收取任何报酬，只有在别人找她说话的时候才开口
说，是个非常好的家伙。*但一场革命就要到来，整个国家的
年轻女孩开始发动起来，如果她们让你害怕了，那她们是有
意的。你要知道，这话她很快就会在广播中自己大声说出来。

有一天，一群学生在一幢大楼外举行抗议。一个 BBC
的男人拿着话筒凑上前去，他挑了个漂亮女孩。她穿着牛角
扣大衣，正往大楼前的地面撒玫瑰花瓣。

他说，像你这样的美女在这种场合做什么？

她告诉他，这幢楼真是丑爆了，我们在抗议，在为建筑

之美的陨灭而哀悼。

他说，但我听说大楼里面很高效啊。

她说，我们在外面。

很自信。很不自信。情绪波动。不是个亲切友好的女孩。今天别过来见我。《再见残酷的世界》，我要去加入马戏团了。那是首流行歌曲，肯在他的电影里用了这首歌。他跟着她和三个男孩，展示他们的生活、他们的作品和他们的时代。而她拍的却是一个梦，一个真实的不断重现的梦（她的毕业论文写的就是梦），肯拍的那部电影出来之后，所有梦幻般美好的工作连番而至，演出机会，一九六三年，那是梦幻般美好的一年，盛屎（世）年华，哈哈哈。她觉得，所有发生的那些事，但凡能写进个人生平的，写进去会让人眼睛一亮，所谓生平就是生卒年啦之类的。格拉博夫斯基的节目，电台工作，嫁给克莱夫，在《各就各位预备开始!》里跳舞，在皇家宫廷剧院演戏（但演戏嘛，只不过是一时的，有点像在行骗；画画才是认真的）。

然后是未来。

三十岁到三十九岁这个年龄段听起来很不错。

四十到五十就是地狱了。

她希望自己永远都不要变得苛刻，永远都不要让自己的思维行为僵化。

（她会一直画到死。她用素描勾勒出来的，其中会有**第十九次精神崩溃**这支乐队里的朋友，然后画成**黑色**。她的宝宝会在床脚的小床里。她死后她的那些照片呢？没了，丢了，没有丢的那些，三十年来安安静静地躺在她爸爸的阁楼里和她哥哥的农场外屋里，侥幸逃过了被丢进垃圾桶的命运。三十年后苦苦寻觅，最后在那间外屋里找到它们的那位作家馆长呢？他会当场热泪盈眶。）

有一圈玫瑰摆在她的姓的正中，这些玫瑰围成 O，编成了一个花圈。

有一尊美人鱼雕像撑着桌子。

没有钱，一直都没有钱。

有一张铜床，一个煤油炉。

碰到房东来砸门，想要和你睡觉，你装作疯了似的暴跳如雷。

碰到天冷，整天裹着外套窝在房间里。

这些没有一样算得上是生活。

生活？是你努力要得到的东西，是离你不远的一个目标带给你的深深的幸福感。画画？是你独自一个人做的事，你坐在那里，这是你自己的艰苦奋斗或是你自己的美妙时刻，但实在是孤单得要命。

先抓紧当下这一刻吧，趁着事情还没有真的发生，你不知道接下来的事会很糟糕，还是会很有趣。实际上，不寻常的事正在发生，但周围的人都不去关注。

她贴，她剪，她画，她全神贯注。

在梦里，她扇了过去一记耳光。

告诉她的同学贝里尔，我要成为艺术家。

当时她们都十六岁。

贝里尔说，女人不行的。

她说，我行的，一位真正的艺术家。我想成为画家。

又是新的一天，天气、时间、新闻和各种事在这个国家/分裂成好几个的国家发生上演着。伊丽莎白在村里溜达，一路上几乎没见到什么人，少数几个在自家的花园里修剪植物，凶巴巴地瞪着她，有的干脆不睬她。

她在狭窄的人行道上靠边让路，向一位经过的老太太打招呼。

老太太点点头，板着脸走过去，盛气凌人。

她来到那幢喷涂过的房子边。要么原先住在这里的人搬走了，要么是他们把房子的正面刷成了这明亮的海蓝，就好像什么都没有发生过，除非你知道仔细看可以辨认出那层蓝色下面家这个字的轮廓。

她回到妈妈家时，发现前门大敞着。妈妈的朋友佐伊从门口蹿出来，差一点和伊丽莎白撞上，她一把揽住她，把她转了半圈，有点像在跳苏格兰的乡村舞蹈，然后放开手，向后一跳，蹦到走道上。

佐伊说，你永远都不会相信你妈妈干了什么好事。

她笑得那么起劲，伊丽莎白都不能不跟着笑。

佐伊说,她被警察抓了起来,她朝围栏扔了一个气压计。

伊丽莎白说,什么?

佐伊说,你知道,那种测量气压的东西。

伊丽莎白说,我知道气压计是什么。

我们刚才在隔壁村,在那个有古玩的地方。你知道这地方吗?你妈妈把我带到那里,想向我炫耀她有多在行。然后她看中了一个气压计,就买了下来,花了不少钱。然后在开车回来的路上,广播开着,新闻里说我们的新政府削减了为那些寻求避难的儿童提供住所的资金,报道还说这些孩子现在就要离开原来待的地方,被丢到那些关押各色人等、重重把守的地方去。然后,你妈就火了,开始大喊大叫,说那些地方比监狱还糟糕,每个人都被看管着,窗户上装着铁栅,根本不是人待的地方,尤其不是孩子该待的地方。然后下一条是撤销难民大臣的新闻。她让我停下车,她就让车门开着,自己跑到一条小路上去了。于是,我就下了车,锁上车门,跟了上去。我发现她的时候,嗯,我是先听到她的声音,然后才看到她的。当时她正对着那道围栏边的一辆货车里的几个男人在大叫,我是说,不止一道围栏。她冲着他们晃着气压计,然后,我发誓,她真的把它扔向了围栏!围栏噼里啪啦一阵巨响,蹿出一道闪光,然后那些男人就疯了,因为她把他们的围栏给弄短路了。我忍不住也大叫起来,我大叫着,好样的,温迪!干得漂亮!

佐伊告诉伊丽莎白,她妈妈被扣了一个小时,没有受处罚,被警告一下了事了,她现在在交叉路口那边的古玩场,她要储备更多的东西去砸围栏，她的新计划是她每天都要去，让他们把她抓起来，（这里佐伊模仿伊丽莎白的妈妈真是惟妙惟肖）*用人类的历史，用少些残忍、多些慈悲的年代做出来的手工制品去轰炸那道围栏。*

佐伊说，她叫我回家把车开过去，她要装一车的旧货导弹。哦，我不能忘了这事。十分钟前，他们打电话到家里来找你。

谁？

医院，不是医院，是疗养的地方，疗养院。

她妈妈的朋友看到她的脸色变了，轻率的表情马上就收敛了。

他们让我转告你，你外公要见你。

这一次，接待处的那个女人甚至都没有抬眼，她在她的 iPad 上看《权力的游戏》中有人被绞死的镜头。

但是她开口说话了，虽然还是没有抬起眼来。

他今天中饭吃得不错，饭量够三个人，嗯，三个老人。我们和他说他醒过来，你会很高兴的。他说，请转告我的外孙女，我很想见她。

伊丽莎白沿着走廊走过去，来到他的门前往里看。

他又在睡觉。

她从走廊里搬来椅子，放到床边，坐下来，掏出《双城记》。

她闭上眼睛。她睁开眼的时候，他的眼睛也睁着，他直直地看着她。

她说，你好，又见面了，格卢克先生。

他说，哦，你好，我就猜会是你。很好，见到你很高兴。你在读什么？

又是十一月，此时，冬天的味道已经比秋意更浓，那不是薄雾，那是雾。

悬铃木的种子被风裹挟着拍打在玻璃上，就像——不，不像别的，就像悬铃木的种子拍打着窗玻璃。

有几晚的风很大。叶子沾了水贴在地上。路面上的叶子已经发黄，开始腐烂，枯木沉睡，朽叶成齑粉。有一片粘得特别牢，如果哪天被揭起来，它的印子，叶子的影子，会留在人行道上，直到第二年春天。

花园里的家具已经开始生锈，他们忘了把这些东西收起来过冬。

树木渐渐袒露出结构。空气中嗅得到火的气味。所有的灵魂都在外游荡，四处劫掠。但是有玫瑰，还有玫瑰，在这片潮湿阴冷的天地间，在一棵看起来已经枯死的灌木上，还有一朵盛开的玫瑰。

看啊，它那颜色。

后记

我很感谢写保利·博蒂的各位作者，我从他们那里受益良多，但其中对我帮助最大的是苏·泰特颇具影响力的研究成果和她的两部著作——《保利·博蒂：波普艺术家和女人》（2013）以及她与大卫·艾伦·梅勒合著的《保利·博蒂：世上唯一的金发女郎》（1998，当时名为苏·沃特林）；我也参考了1964年9月版的 Vogue 所载的内尔·邓恩对博蒂的采访记录，完整的采访过程记录在内尔·邓恩的《与女人对话》（1965）一书中。书中一笔带过的关于克里斯汀·基勒的几件事可在克里斯汀·基勒与桑迪·福克斯合著的《只不过……》（1983）以及克里斯汀·基勒与道格拉斯·汤普森合著的《秘密与谎言》（2012）两本书中找到。我还有幸拜读了西比尔·贝德福德记述1963年史蒂芬·沃德案审判过程的一部至今仍未出版的手稿——《我们做得出来的最卑劣的行径：简述史蒂芬·沃德医生之审判》，本书吸收了文稿中描述的审判过程的部分细节（该案的法庭记录仍未公布）。

谢谢你，西蒙、安娜、赫尔迈厄尼、莱斯利·B、莱斯利·L、埃莉、莎拉以及哈米什·汉密尔顿的每一位。

谢谢你，安德鲁、特蕾西以及威利公司的每一位。

谢谢你，碧姬·史密斯、凯特·托马斯、尼尔·麦克弗森和瑞秋·盖蒂斯。

谢谢你，艾克桑德拉。谢谢你，玛丽。

谢谢你，杰姬。

谢谢你，莎拉。